Sami Paşazade Sezai

Sergüzeşt

Impressum

© 2022 TRYLERS Media

TRYLERS Media
Ersen Türkyilmaz
Ritterstr. 230
47805 Krefeld

contact@trylers.com

www.trylers.com

Herstellung: BoD – Books on Demand, Norderstedt

ISBN: 978-3-949879-04-3

İçindekiler

1

Rusya kumpanyasının Batum'dan gelen bir vapuru Tophane'nin önüne yanaştığı zaman denizin üzerinde sabırsızlıkla bekleyen birkaç kişi sandallardan vapurun içine atılmışlardı. Bunlardan biri uzun boylu, geniş omuzlu, seyrek siyah bıyıklı idi, etekleri ayaklarına kadar uzun, beli gayet dar bir Çerkez paltosu giymişti. Başında kendi kavminin kalpağı, elinde gümüşlü kırbacı olan Çerkez'e:

"Safa geldiniz. Cariyeler nerede?" diye sordu.

"İşte burada."

"Kaç tane?.."

"Üç..."

"Güzel mi?.."

Çerkez, esir kızlardan birini göstererek:

"Şu mavi gözlere bak! Bir paşa buna bir hazine verir."

Çerkez'le bu herif bir sandala, cariyeler de diğerine binip, Tophane iskelesine doğru vapurdan açıldılar. Çerkez'le beraber bulunan ve gayet iri cüsseli olan bu adam, Hacı Ömer isminde bir esirci idi. İnsan ticaretinden ötürü kalbi merhamet hissini yitirmişti, bu kalbin o büyük, yuvarlak gözlerine aksettirdiği vahşilikten olsa gerek, bakışları bir kaplanı andırırdı. Geniş manada, kendisinin de dahil olduğu insanlığın başına gelen felaketlerden, kişisel çıkarlarını etkilemediği müddetçe, rahatsızlık duymaz; bir şarkıcının sesiyle bir kızın ağlamasını, bir çalgının sedasıyla paha biçilmez bir güzelin yakarışını ayrı tutmazdı. İnsanlık vazifesi olarak iki şeyi kutsallaştırmıştı: Biri, ticaretinin gelişme sebebi olarak gördüğü, odasının duvarına asılan kırbacı; diğeri, evine giren zavallı mahlukların kimsesizliğiydi.

Sandalın içinde iken o büyük, yuvarlak gözleriyle Çerkez'e bakarak ve birer küçük yelpaze kadar büyük olan ellerini sallayarak esirleri pazarlardı. Pazarlık yolunda gitmeyince, kırk beş ile elli yaş arasında olduğunu gösteren ve siyahtan ziyade kirli bir renge çalan kır sakalıyla esmer yüzündeki bir iki kaba buruşukluk nefret uyandırıcı bir hal alırdı.

Esirlerden ikisi on altı, on yedi yaşlarında, Kafkasya'nın iki göz alıcı güzeliydiler. Üçüncüsü tahminen sekiz dokuz yaşında bir küçük esir idi ki, saçlarıyla kaşlarının arası biraz yakınca, ağzı gayet küçük, yuvarlak omuzlarına oranla beli incecikti. Hele o siyah gözlerindeki zekâ pırıltısı sonsuz bir güzelliği gösterirdi. Mahir bir el tarafından çizilmişçesine hatları ölçülü idi; fakat rengi verilmemiş bir tasvir gibi idi. Zira küçücük dudakları pek renksiz, bakımsızlıktan saçları seyrek, sefalet ve sıkıntılı yolculuğun etkisi ile rengi uçuk idi, gözlerinin etrafı ince bir siyah daire ile çevrilmişti, bakışında kafesin içine konulmuş bir kuşun ara sıra gökyüzüne bakışını andıran gizli bir hüzün ve duygusallık görülürdü. Bu küçük kızın üzerinde dar ve bütün düğmeleri ilikli bir Çerkez paltosu, başında küçük, eski bir kalpak vardı. Sandallar sahile yanaşarak bu kızları bir eve götürdüler. Eve girdikleri zaman onları esircinin karısı karşılayarak, "Bu ikisi güzel ama bu küçük kız hastalıklı bir şeye benziyor. Bunu buraya ölsün diye mi getirdin?" dedi.

Hacı Ömer de "Biz de bunu bin liraya almadık ya! Tam Yüksek Kaldırım'daki Mustafa Efendi'nin hanımının istediği gibi bir küçük..." cevabını verdi.

Çerkez o gece, o evde kaldı. Üç gün içerisinde üçünün de pazarlığını bitirdi.

Bu evde kızlar geceleri bir odaya toplanır, birbirleriyle konuşurlardı; fakat çok gülmek, Çerkezce konuşmak yasaktı ve bir müşteriye gidip de her ne sebepten dolayı olursa olsun beğenilmeyerek gelen esirlere mutlaka on, on beş kırbaç atılırdı.

Bu eve gelişlerinden birkaç hafta sonraydı ki, bir sabah Hacı Ömer o küçük esire Çerkezce,

"Haydi, kalk gideceğiz!" dedi.

Çocuk kendi yaşındakilere mahsus bir tavırla hemen yerinden kalktı. Koşarak, beraber geldiği kızlardan birinin boynuna sarıldı. Birbirleriyle öpüşüp ayrıldıkları zaman çocuğun gözünde küçücük ruhunun ıstırabını ifade eden bir damla yaş göründü. Sonra birdenbire hayatın ısıtırap yükünü hissetmeye başlayan adamlar gibi mini mini kaşlarını çattı. Ciddi, üzüntülü, düşünceli bir yüzle esircinin devasa ellerinden tutarak evden çıktılar.

Yürüyorlardı. Çocuk sokakta giderken etrafından geçen arabalara, tramvaylara hayran hayran bakıyordu. Tophane meydanına geldikleri zaman orada birçok çocuğun gülüşerek, haykırarak oynadıklarını görür görmez, yüreğinde oluşan arzuları hiç incelemeden, çocuklara mahsus bir eğilimle, kendinden geçip, kendilerinden bir topluluk gördükleri zaman onlara katılmak sevdası yerde koşuşan bu mahlukatın gökyüzünde uçuşan kuşlara olan yakınlıklarından olmalı, hemen yanlarına doğru koşmaya başladı. Birdenbire esircinin o büyük, o korkunç gözlerini açarak, "Gel buraya. Şimdi kırbacı çıkarırım" dediğini işitir işitmez geri döndü. Yanındaki gulyabaninin ellerini tutarak, kendisinin nasıl bir demirden esaret pençesi içinde olduğunu ilk defa anladı.

Yürüyorlardı. İkisi de hiçbir söz söylemiyordu. Köprünün üzerinden geçerken iki tarafa yanaşıp kalkan vapurlardan gözünü ayıramıyordu. Birkaç adım daha ileri gidip de vapur düdüğünün sesini işitir işitmez bulunduğu yerde vücuduna bir titreme geldi. Zira memleketinden ayrılıp gelirken Batum'da duran vapurun düdüğünün yankısı hâlâ kulağında çınlıyordu.

Karşı tarafta gökyüzünün mavi gölgesi altında omuz omuza yükselmiş dağların üzerinden dökülüp gelen bir rüzgâr saçlarını dağıtarak görmüş olduğu bir rüyayı yani memleketini hatırlatarak ıstıraplı kalbine anlaşılmaz bir biçimde teselli veriyordu.

Yürüyorlardı. Köprüyü geçip de Yeni Cami'nin önüne geldikleri zaman çocuk, rengi büsbütün uçmuş yüzünü korku ve tereddüde delalet eder bir hal ile kaldırarak Çerkezce, "Karnım aç" dedi.

Esirci, kızı, düşürecek gibi kolundan çekti ve yine itip doğrulttuktan sonra, "Yürü!" diye bağırdı.

Yürüyorlardı. Biçare çocuğun o güzel fakat renksiz dudakları titriyordu. Çakmakçılar Yokuşu'nu çıkarken ayaklarının sızladığını hissediyor; fakat korkusundan söylemiyordu. Gözüne, karşısındaki on adımlık yer yürümekle bitmez tükenmez, sonsuz bir mesafe gibi görünmeye başladı. Ayakları dolaşıp düşecek gibi oldu. Sonra yine doğruldu.

Yürüyorlardı. Beyazıt Meydanı'na geldikleri zaman gözlerini çevirip de bir tarafa bakmaya mecali kalmamıştı. Bacakları sanki vücuduna bağlanmış birer kurşunmuş gibi ağır gelmeye başladığından vücudundaki bütün kuvveti bacaklarını sürüklemeye ancak yetişiyordu. Hele şükürler olsun, Beyazıt'ta, tramvay durağının yanındaki bir kahvehanede oturdular. Yorgunluktan gücü kalmayan çocuğa o hasır iskemle, bir kraliçenin saltanat tahtına çıkması kadar huzur ve safa verdi. Esirci, bir simit, biraz da peynir aldı. Çocuk bunları yedikten ve bir bardak da su içtikten sonra, tramvaya binerek Aksaray'a, oradan diğer hattın tramvayıyla Yüksek Kaldırım'a indiler.

Esirci, küçük bir sokakta, tenha bir mahallenin içinde bir evin kapısını çaldı.

Öğleye rastlayan bu esnada, doğunun parlak güneşi bu küçük, bu tenha sokağı güçlükle aydınlatıyordu. Kapısını çaldıkları evin üst kat pencereleri saçağın gölgesi altında kalıyor ve alt kat pencerelerinin kafeslerinden süzülerek giren güneş ışığı evin iç tarafına doğru yayıldıkça sönüyor gibi görünüyordu. Yine bu esnada öteki sokaktan çıkan kör bir dilenci, elindeki değneği aralıklı bir usulde kaldırımlara vurarak, "Devr-i lâ'linde baş eğmem bâde-i gül fâma ben" gazelini okuyarak geçiyordu. Evin kapısında bir köpek uyuyor, komşunun damında bir iki kedi dolaşıyordu. İnsan bu sokaklarda yürüdükçe; sükûnetine, yapılış ve düzenlenişine bakarak kendini Ortaçağ'a doğru seyahat ediyor sanırdı.

Evin kapısını açan bir Arap halayık, "Safa geldiniz Hacı Ömer Efendi, buyurun" dedikten ve gidip haber verdikten sonra, onları hanımın odasına götürdü. Bir başörtüsüyle köşede oturan hanım şişman, esmer bir kadın idi, kaşlarına bir parmak genişliğinde rastıklar sürmüştü. Kaba bir yaratılış, çirkin bir kıyafete girmişti.

Odaya girip de esirci, "Git hanımın eteğini öp" dediği zaman, küçük esir gidip kadına sarılmak isteyince, hanım onu gayet sert bir tavırla geriye doğru itti. Kız mahzun mahzun geri çekilerek mindere oturdu. Hacı Ömer şiddetle, "Mindere oturmak senin haddin mi? Sen esirsin! Kalk, ayakta dur!" dedikten sonra hanıma doğru dönerek, "Kusuruna bakmayın, daha acemidir. Geleli birkaç gün oldu. Siz istediğiniz gibi terbiye edersiniz" diyerek özür diledi.

Çocuk bu emirlere bir hüzün ve hayret içinde itaat etti. Bir taraftan hanım, çocuğun vücudunu eliyle yoklayarak ucuza almak için birçok kusur buluyor, diğer taraftan Arap halayık çocuğu etraflıca inceledikten sonra, "Hanımefendi bu nafile, zayıf, pek zayıf, bu ölür" diyordu. Velhasıl iki tarafın da bilinçli bir varlıktan istifade için hırs ve menfaat düşkünlüğüyle saatlerce ettikleri pazarlık kırk lirada karar buldu.

Çerkez asıllı, dokuz yaşında kul cinsi bir esir kızı, hiçbir hastalık, illet ve sakatlığı olmaksızın, Harput Mal Müdürü sabık Mustafa Efendi'nin hanımına kırk adet Osmanlı lirası karşılığında sattığımı bildiren işbu senet, yazılarak adı geçen hanıma teslim edildi.

Esirci Hacı Ömer

Hacı Ömer, edindiği alışkanlıkla bu senedi süratle yazıp, evden çıkıp gitti.

Hanımın verdiği emir üzerine Arap halayık, yanında sessizce boyun eğerek giden küçük kızı mutfağa indirdi. Kendisi yemek pişirirken ona da su taşıttı. Hanım evin idare ve intizamını tam bir dikkatle yerine getirir ve korurdu; fakat çok bağırır ve pek çabuk sinirlenirdi. Büyük kaşlarını çattığında sönük siyah gözleriyle bakışında bir çocuğu ağlatacak, bir adamı korkutacak kadar merhametsizlik görünürdü. Yalnız on iki yaşındaki Atiye ismindeki kızını mektepten dönüşünde kucakladığı zaman yaratılışındaki nezaket, yufkayüreklilik gibi kadınlara özgü yüce nitelikler garip bir surette kendilerini gösterirdi. Bu özellikleri tamamen kızına mahsus ve kızıyla sınırlı idi; yoksa zaten çocukları hiç sevmez, kimseye acımazdı. Gençliğinde ara sıra kendisini döven kocasının merhametsiz davranışlarını görmüş ve en nazik yaratılan bir kadını bile en azgın hayvana döndürecek kadar etkili kıskançlığını çok çekmiş, hele bir zamandan beri kötü idarecilikten ve rüşvet aldığından dolayı yüce hükümetin adaletli emriyle kocasının işinden çıkarılma ıstırap ve kederini hissetmiş ve bunların cümlesi kalbine bir merhametsizlik, bir neşesizlik getirmişti.

Manevi hayat denen zihinsel meşguliyetlerden ve toplum içindeki bir anne için gereken medeni terbiyeden mahrum olduğu için daima halayıklarla uğraşır, onları merhametsizce döver, komşularının aleyhinde söylenir dururdu.

Kocası zimmet suçundan aklanmak ve memuriyete geri dönmek için gündüzleri dolaşır, akşamları geç gelir, sabahları erken giderdi. Akşam olunca Arap cariye –ki ismi Taravet idi– kendisinin yattığı, mutfağın üstündeki odaya gayet ince bir şilte, katı bir yastık, kirli bir yorgan koydu. Sabahtan beri yürümekten gücü kesilen esir kızcağız, yatağın içine girdi. Evin yukarı kattaki penceresinden bahçedeki nar ağacının dallarına vuran bir şamdanın hafif ışığına gözlerini dikerek yaratılışın sırlarının anlaşılmaz bir hissine uyarak, "Gece" dedi. Yorganı başına çekti, sessiz, derin bir uykuya masumca daldı.

Sabahleyin erkenden gözlerini açtığında, odasının karşısındaki nar ağacında bir kuş ötüyordu. Bir kuşun ötüşüyle bir çocuğun ruhu arasında bir bağ vardır. Yatağından kalktı, başını pencereye dayayarak kuşu seyretmeye başladı. Bu kuş doğmakta olan güneşin aydınlığına karşı kanatlarını sallayarak uçtukça, kuşun göğsünde şafaktan topladığı al, mavi birtakım renkler dalgalanıyor, ağaca konduğu zaman yeni açılmış bir çiçeğe benziyordu. Bu seyre o kadar dalmıştı ki içinde bulunduğu tutkulu hayranlıktan onu Taravet'in "Gel yatağını kaldır!" diye bağırarak azarlaması uyandırdı.

Taravet, kızın eline bir süpürge vererek süpüreceği odaları, yapacağı hizmetleri, yukarıya, mutfağa taşıyacağı suları gösterdi. İsmini Dilber koymuşlardı; zira hanım küçük kızı bu isimle çağırmaya başlamıştı. Biçare Dilber sabahları erken kalkar, incecik şiltesini bin bela ile kaldırır, odaları süpürür, kovaların içine birer parça su koyarak yukarı çıkarırdı.

Bir sabah yukarısını süpürürken Atiye Hanım'ı oyuncaklarıyla oynarken görünce süpürgesini olduğu yere bırakarak onun yanına gidip oturdu. Oyuncağa hayretle bakarken hanımın o korkunç sesiyle "Dilber!" diye bağırdığını işiterek bulunduğu yerde kaldı. Hanım içeriye girip bu halayık parçasının kızıyla oynamak istediğini görünce Dilber'in kulağından tutarak onu, süpürgeyi bıraktığı yere getirdi.

"Sen işini bırakıp ne oynuyorsun?" diye bir tokat attı. Zavallı çocuk! Ağlamaya bile cesaret edemeyerek hizmetini görmeye başladı. Her sabah hizmetini bin zahmetle görür, bir küçük kusur etse hanımdan, Taravet'ten tokat yerdi. Evdeki görevlerini yerine getirdikten sonra Atiye Hanım'la mektebe gider, akşamları elinde çantalarla eve gelirdi.

Aradan haftalar, aylar geçmeye başlayınca lisan öğrenmekte çocuklara mahsus olağanüstü bir kolaylıkla Türkçeyi oldukça iyi konuşmaya ve anlamaya başladı. Fakat sabahları gücünün yetmediği hizmetleri görmekten, bir parça eğlenecek, gülecek olsa yediği dayaklardan dolayı bu yaştakiler için bir saadet zamanı olan hayatın kendisine pek müşkül, pek acı görünmeye başladığı, sarkmış yanaklarından, büsbütün kesilmiş gözlerinden anlaşılırdı. Önceleri Atiye Hanım kendisiyle oynamak istiyorduysa da annesinin, Taravet'in ona ettiği muameleleri gördüğünden şimdi Dilber ne zaman yanına gelse, "Pis halayık, hadi aşağı" diye onu kovuyordu. Elem ve ıstırapla geçen bu hüzünlü hayatı içinde en büyük arzusu mektebe gitmekti. Zira orada diğer çocuklarla muhtaç olduğu hürriyet ve muhabbetle konuşur, kimse bu küçük mahlukun insanlık onurunu "Pis halayık" diye hor görerek ayaklar altına almaz, bulunduğu ümitsiz ve ıstıraplı durumda derslerine fevkalade gayret ettiğinden hocasından ara sıra aferin alırdı ve bütün bunlar kırık kalbine teselli verdiği gibi Lütfiye Hanım adında bir de küçük dost ve dert ortağı bulmuştu ki bu iki sırdaş ruh birbiriyle olan gizli bağlantıdan faydalanarak büyük bir özlem ile baş başa vererek hasbihal edip dertleşirlerdi.

Bir gün Lütfiye kendisine, "Sen kimin halayığısın?" dedi.

Dilber: "Hanımın."

Lütfiye: "Hangi hanımın?"

Dilber: (Atiye Hanım'ı göstererek) "Bunun annesinin."

Lütfiye: "Senin oyuncakların var mı?"

Dilber: "Hayır. Ben esirim."

Lütfiye: "Ben sana bir tane vereyim."

Bu kısacık konuşma üzerine çantasından bir bebek çıkararak Dilber'e verince geleceğine dair bir emareyi kucaklayan bahtiyarlar gibi büyük bir sevinçle bebeği alıp, yattığı odadaki dolaba saklamış ve merhametsiz Sudanlı görüp de bütün ümit ve isteklerinin toplandığı bu gelecek hayalini kırmasın diye birisi odaya girdikçe, "Benim dolapta bir şeyim yok ki" demeyi âdet edinmişti. Lütfiye ara sıra kendisine şeker, meyve gibi çocukların hoşuna giden şeyler verdikçe bu hediyeleri nereye koyacağını şaşırır, sonra kimse görmesin diye acele ile evden bir kısmını getirdiği bohçasına gizlerdi. Fakat bir kere şeker alırken Atiye Hanım gördüğü için eve döndüklerinde annesine söyledi. Bir zamandan beri kocasının işlerinde görülen başarısızlık ve ev idaresinde tesadüf olunan zorluklar, zaten hiddetli olan mizacına günlerce devam eden bir neşesizlik getirdiğinden o kadar sevdiği kızının terbiye eksikliğinden kaynaklanan çocukça bir gururla ettiği şikâyeti üzerine, "Buraya gel pis Çerkez, buraya gel murdar dilenci" diye Dilber'i odasına çağırdı. Çocuk odaya girdiği zaman o rastıklı kaşlarının altındaki sönük, beyazı siyahından büyük gözlerini açarak, "Yanıma gel" dedikçe, Dilber, çocuklardan başka kimseye malum olmayan bir korku ve dehşetle titreyerek olduğu yerde kaldı.

Hanım ayağa kalktı. Dilber'i kolundan çekip taşyüreklilikle ona bir iki tokat vurarak, "Şimdi dilenciliği öğrendin mi?" sualiyle bohçanın içinde ne kadar şeker, meyve varsa pencereden aşağı attı. Yıkıcı kadın! Dilber'in bütün varını yoğunu, çocuğun bütün hazinesini, acımadan böyle mahv ve harap etti.

Bu muamele geçirdiği üzüntülü hayatın etkisindeki durgun tavrını, zaten kolaylıkla yaralanmayan masum yaratılışını derin bir surette zarara uğrattıysa da yaşına göre hayret verici bir dayanıklılıkla ağlamamak için gayret ederek kapıdan çıkmak üzere iken düşünceli gözlerinde elinde olmadan bir iki damla gözyaşı belirdi. Taravet de aşağıdan bu zavallı Kafkasyalıya, "Pis Çerkez, dilenci kız. Gel mutfağa su getir!" diye bağırdı.

Gayet etkili bir surette esen kuzey rüzgârının ufuklardan getirdiği yoğun siyah buluttan sızan ince, soğuk bir yağmurun altında, bahçedeki kuyudan su taşır, kovaların tabii sarsıntısından su damlaları üzerine döküldükçe soğuğu ta yüreğinin içinde hissederdi. Kovaları koyduktan sonra mutfaktan artık dışarı çıkmaya cesareti, su taşımaya kuvveti kalmamıştı. Taravet bir taraftan yemek pişirir, diğer taraftan, "Hadi su getir tembel. Sonra akşam yemek pişmez" derdi. Çocuk olduğu yerden kımıldamayarak, "Artık su getiremem" dedi. Taravet ağacın aşağısından bakıp da yukarıdaki kuşları düşüren yılan gibi beyazları kan içinde ve yalnız o gözlere mahsus vahşi bir bakışla ocaktan bir yanar odun çıkararak Dilber'e doğru yürüdü, çocuk üzerine bir yanardağ geldiğini veyahut elindeki topuzuyla yanında bir zebani dolaştığını görünce merhameti en ziyade coşturan korkudan kaynaklanan, boyun eğen bir teslimiyetle hemen dışarı çıktı. Yanıp yakılarak tahammülünün üzerinde olan hizmetini yerine getirdi.

O akşam herkes derin bir uyku içinde bulunduğu zaman, bir asılı saat kabristanda öten baykuş gibi gece yarısını çalarken Dilber yatağından kalktı. Yavaş yavaş dolabı açarak bir şey çıkardı. Sonra elini başına götürerek bir ordu kumandanına mahsus dayanıklılıkla düşünmeye başladı... Korkunç şey! O soğuk, o karanlık gece yarılarında bu çocuk ne yapıyor? Artık kaçacak. Artık firar edecek.

Çektiği ıstıraplara, dayaklara vücudu tahammül edemiyor. Gördüğü muameleler, hakaretler ruhunu yaralamış. Firar edecek. Fakat gecenin devlere mahsus müthiş, gökyüzünü kaplayan devasa siyah kanatlarının altı böyle masum bir küçüğe sığınak olamaz. Firar edecek... Kendisince meçhul olan bir kuvvetin yönlendirmesiyle bir şey arayacak... Kendisinin haberi olmadan ayaklarının rehberi ve kılavuzluğuyla bir yere gidecek... Hissettiği büyük bir noksanı tamamlamaya, muhtaç olduğu bir sığınağı bulmaya gidecek... Rahat bulmak, teselli bulmak, bir unutma ve terk edilme halinden kurtulmak, velhasıl şefkatli kucağında istediği gibi ağlamak için annesini bulacaktı.

Zavallı esir! Haysiyetli bir tavırla hanımın verdiği elbiseyi üstünden çıkararak yavaş yavaş dolabı açtı. Dolabın tozlar içinde bir köşesine atılmış Çerkez paltosuyla kalpağını çıkardı. Giyinirken ikide bir yatağın içinde uyuyan kara talihine korkulu gözlerle bakardı. Odanın içindeki kandilin ümit yıldızı gibi hafif ve zayıf olan ışığı çocuğa minderin üzerine atılmış bir eski hırka, bir yırtık entariyi, ağır bir uykuya dalmış Taravet'i korkunç bir surette gösterirdi. Böyle bir firar için yolculuk hazırlığı lazım.

Mektebe giderken cüzünü koyduğu bohçasını önüne açarak içine en evvel Lütfiye'den aldığı bebeğini koydu. Sonra bir elma, daha sonra yüzük olarak iki demir halkasını yerleştirdi. İşte dünyada sahip olduğu bütün varını yoğunu bohçasına yerleştirirken sürekli sessiz sessiz ağlıyordu. Bir taraftan gözyaşı döker, bir taraftan bohçasını düzenlemekle uğraşırdı. Aferin bu küçük Kafkasyalının ıstıraplı yüce kalbine ki kendi malından başka bir şey kabul etmeyerek ve bohçasını koltuğunun altına alarak oda kapısından dışarı çıktı. Karanlıkta elleriyle merdivenleri yoklayarak aşağı indi. Sokak kapısına yaklaşıp da kapının demirli olduğunu görünce yolunun önüne tesadüf eden bu demirden engelin, bu tahammülü aşan engelin karşısında tam bir ümitsizlikle donakaldı. Istırap ve ümitsizliğin tahrik ettiği sinirleri sayesinde iki misli artan kuvvetiyle bir iskemlenin üzerine çıkarak demiri yukarı doğru itti.

Mümkün değil. Kızgınlık ve ümitsizlikle titremeye başlayan elleriyle bir kere daha tecrübeye kalkıştı. Mümkün değil. Demir, hanımıyla Taravet'in kalbi gibi hissiz duruyor. Ümitsizliğin verdiği olanca kuvvetiyle bir kere daha itince demir yerinden kımıldadı. Ara sıra iskemlenin üzerine oturup nefes alarak işine devam ile yarım saatlik engelleri kaldıran çalışması sayesinde kapı açıldı. Kapıyı tekrar kapamak hatırına bile gelmeyerek kendini sokağın ortasında buldu.

Gece bütün sessizlik ve karanlığıyla ortalığı kaplamıştı. Ne gökte bir yıldızın ne yerde bir kandilin ışığı görünen bu koca gecenin içinde hiçbir ses işitilmez, yalnız uzaktan uzağa havlayan köpeklerin sesleriyle ara sıra şiddetle esen soğuk, etkili bir rüzgârın eski Bizans harabelerinden çıkardığı müthiş yankılar korkan kulaklarına ulaşırdı. Korkusundan önüne bakarak ve adımlarını sık sık atarak mahalleyi geçip de bir tarafında yangın harabesine tesadüf edince oradaki bir evin kapısının önünde birdenbire durdu. Yaşamak için yumuşak huyluluğa, okşama ve korumaya muhtaç olan bu mahlukun küçücük kalbi o büyük gecenin korkunç sessizliğiyle harabelerden çıkan müthiş sedalardan durmaya ve kuzeyin buzlu dağlarından dökülüp gelen o etkili rüzgâr en ince sinirlerine kadar yayılarak bütün vücudu titremeye başladığı zaman da Taravet'in, hanımın zulüm ve eziyetinin hatırası soğuğun etkisi ve korkunun şiddetiyle hareket serbestliğini ve güvenliğini kaybettiği kalp ve zihnine hücum ederek hayalindeki dehşet ve korkunun kuvveti bütün gücüyle etkisini göstermeye başlayınca birdenbire bulunduğu yere oturdu. Yorgun olan gözleri varlıkları rüya gibi gördüğü zaman, ta karşıda bir siyah kadife ile örtülü gibi görünen karanlık gökyüzünün ufuklara yakın bir köşesinde sise benzer bir ışık ortaya çıktı. Bu birden ortaya çıkan ışığa daha dikkatle bakınca o ışığın içinde anneciğinin gülümseyen yüzünü gördü. İşte orada. Kendisine gülüyor. Sesini işitecek. Ah, üzerine doğru geliyor... Gücünün yetmediği şeyleri taşımaktan iskelete dönmüş kollarını anneciğini kucaklamak için gökyüzünün o tarafına doğru uzatarak, "Aman imdadıma yetiş" dedi, sonra şiddetli bir feryat ile arka üstü düştü, bayıldı.

2

Bir derin uykudan uyandığı zaman, kendisini bilmediği bir evin, bilmediği bir yatağın içinde buldu.

Karşısında zamanın geçen anlarında bıraktığı izlerle buruşmuş bir ihtiyar çehre, bir ihtiyar kadın kendi nuru bitmeye fakat ruhun hafif ışığı aksetmeye başlamış yumuşaklık ve şefkatle dolu gözlerini çocuğa dikmiş, titreyen elleriyle ilaç veriyordu. Hiç şüphe yok ki o merhametli bakış bu küçüğün elemli kalbine ilaçtan ziyade bir deva idi. Karalaştığında sevdayı, aklaştığında merhameti uyandıran saçları, bir an yatağın içinde Dilber'in üzerine dökülmüş ve bu hal ona pek yakışmıştı. O uyuyan ve ıstırap çeken ruhun yorganı da böyle nurani olmalıydı. Yattığı odada bir minderle onun köşesinde yine bir küçük minder vardı. Odanın ötesinde berisinde birer küçük şilteden ve bundan elli altmış sene evvel yapılmış bir dolabın içinde Çanakkale testisiyle bardağından başka bir şey yoktu. Çocuk yatağın içinde kalkıp da arkasını yastığa dayadığı ve yanına koydukları bebeği kucağına aldığı zaman ihtiyar kadın konuşmaya başladı:

İhtiyar: "Yavrucuğum, sen kimin kızısın?"

Dilber: "Ben halayığım."

İhtiyar kadın biraz düşündükten sonra o yumuşak ve titrek elleriyle Dilber'in saçlarını okşayarak,

"Kimin halayığısın?" diye sordu.

Dilber: "Hanımın."

İhtiyar: "Hangi hanımın?"

Dilber: "Atiye Hanım'ın annesinin."

İhtiyar kadın bir asırlık başını eline dayayarak biraz daha düşündükten sonra: "Sen dün gece öyle geç vakit niçin sokağa çıkmıştın, kızım?"

Dilber cevap vermedi.

"Öyle gece yarılarında çıkan hayalleri düşünmeden, yaramaz çocuklara gözüken umacılardan korkmadan buralara nasıl geldin yavrucuğum?"

Dilber yine cevap vermedi. İhtiyar:

"Dün gece yatakta anneciğini sayıklıyordun. Annen kimdir? Şimdi nerede? Söyle evladım."

Dilber, "Bilmem" dedi.

İhtiyar kadın gözlerinin yaşını sildi. "Dur sana torunumu göndereyim de beraber oynayın" diyerek kapıdan çıktı. Bir iki dakika sonra odanın kapısında bir çocuk göründü, yüz yüze baktıktan sonra çocuk yatağa doğru koştu, birbirlerinin boynuna sarıldılar. Dilber bu çocuğun mektep arkadaşı Lütfiye Hanım olduğunu yatağın yanına yaklaşana kadar anlamamıştı.

Lütfiye: "Dilber sana ne oldu?"

Dilber: "Hiç, ben kaçtım."

"Niçin kaçtın?"

"Beni çok dövüyorlar. Çok hizmet ettiriyorlar. Sonra, her dakika, pis Çerkez, pis halayık diyorlar.

Oyun oynasam yasak. Üşüdüğüm zaman mangalın kenarına otursam Taravet maşa ile elimi yakıyor. Bak koluma," dedi. Gerçekten, yorganın içinden çıkardığı esmerleşmiş, katılaşmış kolunun üzerinde bir yanık izi vardı. Sonra yine sözüne devam ederek:

"Bu yatağı aşağı indirin de ben sizin esiriniz olayım. Sana su taşırım. Bebeklerini giydiririm, odanı süpürürüm, beni bırakma," dedi. Lütfiye, "Ben seni burada dolaba saklarım, seni kimse bulup götüremez" diye cevap verdi.

Bir çocuğun bir çocuktan yardım dilemesini, diğerinin insanlık sevgisine açık olan küçücük, sevgi dolu arkadaş kalbinin yönlendirmesiyle tek kurtuluş çaresi olarak, "Ben seni dolaba saklarım" yolundaki masum ve koruyucu vaadini işitmek ne dokunaklı şeydir! Bu gizli görüşme ile verdikleri kurtuluş kararı üzerine ikisinin de meleklerin ağzı ile öpülmeye layık olan masum, temiz yüzlerinde sevinç ışığı görünmeye başladı.

Zavallı çocuklar! Sizin o mini mini elleriniz, eski Asya vahşetinin kullandığı ve birkaç asırdan beri insanlığın zorbalığı altında inlediği esaret zincirlerini kırmak için değil, belki kendiniz gibi küçük kuşları, güzel çiçekleri okşamak içindir.

Lütfiye koşarak büyükannesine bu kızın kimin halayığı olduğunu ve nasıl acılar içinde bulunduğunu yanıp yakılarak gücünün yettiği derecede açıkladı.

İhtiyar kadın, çoğu zaman bu yaştakilere özgü olan Allah'a tevekkül ile vicdan rahatlığından doğan bir yüce bir sessizlikle Dilber'in yanına geldi. "Sen korkma benim güzel evladım," dedi. Sona yaklaşan bir ömür yeni başlayan bir hayata bu sükûnet ve şefkatle teselli vererek, tesettür için başına bir örtü, dayanmak için eline bir değnek alarak sokağa çıktı. Yıkılmış, harap olmuş emellerin, sönmüş ümitlerin mekânı olan ve doksan seneyi aşkın bir zamandan beri çarpan bu kalbin en derin köşesinde bir kurtarma arzusu uyanmıştı.

Bir fener insana karanlıkta nasıl yol gösterirse, bu arzu da ümitsizlik içinde bulunan bu ihtiyara öyle rehberlik ederek, bir çocuğu kurtarıp Cenab-ı Hakk'a her gün arz ettiği ibadet ve kullukların birini de o gün yerine getirmek istiyordu. Doğru Mustafa Efendi'nin evine giderek kapıyı çaldı.

Yine o sabah, Taravet uyanıp da Dilber'i yatağında göremeyince belki su taşımaya gitmiştir zannıyla bahçeye baktı. Orada göremedi; evin her tarafını dolaştı. Yine bulamadı. Sonra aşağıya inip de sokak kapısını ardına kadar açık görünce firar ettiğini ve gece yarısı kim bilir nerelerde kaldığını, belki de sokakta köpeklerin onu paraladığını düşünerek Dilber'in bu yaşta kaçmayı bilmesi ve hanımını zarara uğratması gibi bir cinayeti zihni almayarak, büyük bir korku ve telaşla hanımının odasına girip, "Ah hanımcığım. Dilber kaçmış. Dilber kaçmış" diye feryada başladı. Hanım bu haberi alır almaz şaşkınlık dolu bir dehşetle sordu: "Dilber mi kaçmış? Kız sen delirdin mi? O yaştaki bir çocuk kaçmayı ne bilir?" Taravet çocuğun kaçtığı yeri göremediğinden hasıl olmuş hırs ve hiddetle karanlık yüzünde karanlıkta sönük bir kandil gibi parlayan gözlerinin beyazını göstererek ve korkusundan titreyen sesi, hayretinden bir siyah piyanonun bir parça açılmış kapağından görülen beyaz kemikleri gibi parlak dişleri görünecek kadar açılan ağzı, telaşından büsbütün kaybolmuş zihin muhakemesiyle hanımına gerçeği anlatmaya çalışarak: "Eğer kaçsa... Bohçası olmaz mıydı... Dolabı...

Esvabı... Sokak kapısı ardına kadar... Açık... Yok... Hiç yok."

Hanım birdenbire hiddetlenerek, "Hep kabahat sende! Şimdi, şimdi gidip bul. Yoksa dayaktan canın çıkar," deyince, Taravet başını örtüp sokağa çıktı, geleni geçeni durduruyor, gördüklerine, "Bizim hanımın halayığını sen mi çaldın?" diye soruyordu.

İhtiyar kadın eve gidip Mustafa Efendi'nin hanımıyla oturduğu odaya girince hanım ayağa kalkarak telaşla, "Ah hanım nine. Başıma gelenleri sorma. Benim o pis halayık, o pis Çerkez kaçtı," dedi.

İhtiyar kadın sükûnet ve yumuşaklıkla: "Hayır kızım, senin cariyen kaçmadı, bendedir." Bu söz üzerine hanım, hayretinden bulunduğu yerde cansız bir cisim gibi donakaldı. İhtiyar kadın sözüne devam ile: "Kızım, Cenabı Hak çocukların günahını affettiği gibi hanımları da kusurlarını affetmelidir. Size bir ricaya geldim. Biriktirdiğim beş kese akçeyi size hediye edeyim, siz de bana çocuğu verin."

Hanım: "Ne yapacaksınız?"

İhtiyar kadın meseleyi başarıyla çözebilmek için ciddiyetten uzaklaştırarak ve büsbütün latife tarzına sokarak ağzından ziyade gözleriyle gülerek: "Kandil gecesi bir kuş azad edeceğim."

Hanımın kendine mahsus soğuk bir tavır ile, "Ben halayığımı kimseye satamam" yolundaki reddi ihtiyar kadına dokunarak, "Kızım ben de zulümden kaçarak bana sığınmış bir çocuğu kimseye veremem" deyince Mustafa Efendi söze atılarak, "Eviniz hırsız yatağı mı?" diye sordu. İhtiyar kadın sustu. İhtiyarlara saygının, kadınlara hürmetin, çocukları himayenin, insaniyetin ve medeniyetin vicdana yüklediği kutsal bir vazife olduğunu bilmeyen bir murdar vahşi, "Esirim değil mi?

Öldürürüm de yine sana satmam," der demez ihtiyar ayağa kalktı. Hayatın baş dönmesi veren derin uçurumlarını görmüş gözlerini, Mustafa Efendi'nin kuzguni siyah sakalının daha çirkinleştirdiği, İran ile etrafında bulunan kavimlerde görülen, toprak renginden esmer, uzun, gayet çok ve sık sakalıyla bıyığının arasında küçük bir siyah nefes deliği gibi görülen ağzının üzerine kadar inmiş uzun ve yuvarlak burnu, kılları, dik kaşları, çekik gözleriyle bir yırtıcı kuşa benzeyen çehresine dikerek ve zamanın beyaz saçlarla taçlandırdığı başını sallayarak bir Roma imparatoruna mahsus büyüklükle, "Lanet olsun size," dedi. Hemen başını örterek attığı her adımda inleye

inleye evine gidip de doğruca Dilber'in yanına girdiği zaman, bir dişi kalmayan ve sabahtan akşama kadar Cenabı Hakka yalvaran ağzıyla çocuğun gözlerinden öperek dedi ki: "Kızım, yeryüzündeki kelebeklere uçmak için çiçekten kanat veren Cenabı Hak seni daima onların elinde bırakır mı? Sen yine hanımına git. Korkma yavrucuğum. Bundan sonra seni dövmeyecekler." İhtiyar kadının sözü buraya geldiği zaman sokak kapısı çalınıyordu. Cumbadan başını uzatarak, "Ne istersin İmam Efendi?" dedi. "Mustafa Efendi'nin cariyesini almaya geldim. Çabuk aşağı insin," cevabını verdiği vakit, ihtiyar kadın nuru sönmeye başlamış fakat yaşları dinmemiş gözlerini çocuğa yönelttiği esnada, Dilber de kendisini ıstırap zindanına çağıran bu ses üzerine gök gürlemesinin çocukların kalplerinde doğurduğu dehşetten meydana gelen yardım isteyen bir bakışla ihtiyara bakıyordu. Hiç şüphe yok ki bu iki yaralı ruh birbirlerini bulundukları yücelik ve Allah'a yakınlık mertebesinde ve fakat elemli ve ıstıraplı bir hal içinde görüyorlardı. İhtiyar kadın çocuğu kucaklayarak durmadan gözlerini siliyordu. O sırada Lütfiye de içeri girmişti.

Dilber ihtiyarın kucağından, doksan beş senelik bir hayatın son batan ışığı olan beyaz ve uçları kınalı saçlarını yüzünden ayırarak kalktı, bu muhterem kadının elini öptü. Lütfiye ile kucaklaştılar.

Odanın kapısından dışarı çıktı. Fakat hiç ağlamıyordu. Ağlamak, uğradığımız felaketlere karşı vücudumuzda kalan kuvvet kalıntılarının bir feryadıdır. Ağlayamadığımız zamanlar bizde o iktidarın da mahvolduğu vakitlerdir ki onun yerine geçen etkili bir sessizlik en şiddetli elem gözyaşından gönül yakıcıdır. Dilber böyle bir sükûnetle aşağı inerek doğruca İmam Efendi'nin ellerinden tuttu, yürümeye başladılar.

Biçare çocuk. Bu kısacık hayatı boyunca ikinci defa fakat öncekinden daha şiddetli bir kılavuz ile kendisinin demirden kuvvetli, ölümden soğuk esaret pençesi içinde nasıl güçsüz olduğunu anlayarak gece yarıları kaçtığı zindan azabının kapısına gelince ruhunun, vücudunun bütün iktidar ve cesaretiyle kurtulmaya çalıştığı elem ve kederlere, zahmetli hizmetlere yıkıcı bir güç tarafından tekrar teslim edildiğini görerek zihninin yetişemediği ve kendisinin tabiatüstü saydığı bu müthiş güce karşı masum hisleri ve çocukça muhakemeleri tamamıyla güçsüz ve mahkûm olduğu için baştan ayağa sinirsel bir titremeyle evin kapısından içeri girdi. Hanımın merdiven başında, "Hınzırı gözüm görmesin, dolaba kilitle," dediğini işitti. Sesini çıkarmadı. Taravet dolaba sokarken arkasından tekme ile vurduğu için Dilber dolabın içine şiddetle yüzü koyun düşerek yüzünden bir iki damla kan aktı. Gözünden bir damla yaş bile dökülmedi. Hayvanat içinde yılanlardan ziyade korktuğu farelerin etrafında takırtı ederek dolaştığını işittiği halde bir kere başını bile çevirip bakmadı.

Gece saat üç. Dolap hâlâ kilitli. Sabahtan beri yalnız bir parça ekmekle peynir yemişti. Büyüme çağının verdiği bir iştiha kendisine açlığı şiddetli mide ağrılarıyla hissettiriyordu. Kapatıldığı yerden çıkardılar. Bir parça ekmek yiyerek tam bir sessizlikle odasına girip yatağını yaptı.

Elbisesini değiştirerek yatağının içine girdi. Taravet duyup da dövmesin veyahut hanımına gidip haber vermesin korkusuyla yorganı başına kadar çekerek ve gündüzden beri sızlayan yüzünü küçücük elleriyle tutarak, "Anneciğim, anneciğim," diye fevkalade bir şiddetle hıçkıra hıçkıra ağlamaya başladı.

3

Sükûnet. Uyuyor. Gözyaşlarıyla ıslanmış yastığın üzerinde, dağınık saçlarının içinde görünen küçücük çehresi ve bir parça açılmış dudaklarının arasından tebessüm ediyor zannedilecek surette seçilen beyaz dişleri, eğer hayatta ise annesinin hayali, sessizlik mezarına çekilmişse ruhu tarafından koruyucu bir meleğin gökyüzünden inerek çocukların acısına teselli veren bir anne okşayışı ile dudaklarından öpmesini bekliyor gibi görünüverdi. Heyhat! Esaretin ezdiği, insaniyetin terk ettiği, ümidin ara sıra okşadığı zayıf varlık gecenin unutulmuşluk kucağında uyuyor.

Sabahleyin, şafağın kendi yüzünün rengi kadar uçuk bir ışığı odanın pencerelerinden girmeye çalıştığı zaman Dilber elleriyle gözlerini oğuşturarak uyanıyordu.

Hayatımız son dakikalara, felaketimiz son haddine yaklaştığında, ansızın geliveren bir teselli yahut Allahın bir lütfu, imdadımıza yetip, kırık kalplerimize yeni umutlar aşıladığı gibi o gün olan bir olay çocuğun halini değiştirmek ve belki yalçın kayalardan, siyah ormanlardan cereyan eden bir nehir gibi maddi sıkıntılar ve ruhani acılar içinde geçip giden hayatını tamamıyla başkalaştırmak için sebepler hazırlıyordu. Zira yine o gün Mustafa Efendi aklandığını gösteren belgeyi elde ederek toplantı heyetinin devlet idaresinde bir mevki kazanarak Erzurum vilayetine bağlı bir kaza kaymakamı olmuş ve fakat memurluk görevlerine ait yürütme kuvvetleri kısmınca bir hatasından dolayı şüphe altında bulunduğu zaman işinden çıkarıldığında düştüğü borçların ödenmesini ve yolculuk sırasında gerekenlerin sağlanmasını düşünerek ve ara sıra hanımıyla konuşarak bir iki gün uzayan bu görüşmelerin neticesinde Dilber'in satılmasına karar verilmişti.

Biçare Dilber!

İşinden uzaklaştırıldığı sırada her türlü meşakkatini çektiği ve bu küçücük kollarıyla her hizmetlerini gördüğü gibi memuriyet zamanında da bu zayıf vücuduyla borçlarını ödeyecek, yolculuk ihtiyaçlarını sağlayacaktı. Hanım bazen kocasına nasip olan talihin neşesinden eski şiddet ve hiddetini azaltarak Dilber'e, "Adam olacağını bilsem ben seni satar mıydım? Fakat sen adam olmazsın. Kadının olacak hanımın vay haline," derdi. Memuriyet yerine hemen gitmek için aldığı emirler hareketini hızlandırdığından bir hafta zarfında ele geçirdikleri bir esirciye Dilber'i altmış beş liraya satarak bir çarşamba günü Loyd kumpanyasının bir vapuruyla Trabzon'a doğru İstanbul'dan hareket ettiler.

4

Edirnekapı civarında, yetmiş seksen sene evvelki Osmanlı mimari tarzında yapılmış, gelişip güzelleşmiş kıtaları, en yüksek medeniyetleri bile toprağın altına gömen zamanın etkisiyle bazı köşeleri zemine doğru eğilerek çökmeye başlamış, heybetli, kasvetli, büyük bir hanenin, birkaç bin sene önceki büyüklük ve kaba mimarisini andıran bir vardı, Evin sağ tarafında ev eşyası olarak kıtığı çıkmış bir uzun minder, yüzleri çürümeye başlamış birkaç yastıkla döşenmiş bir büyük odasının açılan pencerelerinden, tarihi bilinmeyen ve çoğunlukla yeniçeri yıkım ve zulümlerine dayandırılan yıkıcı, müthiş bir ateşin külü olarak geniş bir yangın harabesi, gerilmiş iki büyük siyah kanat gibi güneş ışığının girmesine engel olan uzun saçaklarla içinde etkili bir rutubet hissedilen ve yine o rutubetin tesiriyle sıvaları dökülmeye başlamış, karanlık bir sofasından büyük bir bostan, bostanın sonunda ortaçağın vahşi mekânlarından olan dehşetli bir zindan görünürdü. Bu tenha yer içinde tek başına duran hanenin büyük sebze bahçeleriyle çevrili ve o bahçelerin içinden uzaktan uzağa eski Bizans harabelerine bakan kısmındaki odalarının saçaklara yakın dış bölümünde baykuş gibi, atmaca gibi bazı vahşi kuşlar yuva yapmışlardır ki bu kasvetli evin bir kat daha hüznünü artıran günbatımı ile beraber yürek paralayan sesleri işitilirdi. Lodos bulutlarıyla kapalı olan gökyüzünün bir tarafından hüzünlü yüzünü gösteren ve insanlardan ziyade karşıdaki zindandan gece yarıları ortaya çıkmış hayallerle dolu gibi görünen bu eve, bir asır evvelki mimari tarzının inşa ettiği tepe pencerelerinden giren ayın gamlı ışığı, içine bir iki tabak konmuş bir tepsi ile merdivenlerden çıkan Dilber'in uçuk rengini gösteriyordu.

Bu evin sebze bahçelerine bakan tarafı, bir esirci tarafından kiralanmıştı. Yirmi otuz seneden beri terk edilmiş bulunan ve artık üzerinden geçen bir günün ağırlığına tahammül edemiyormuş gibi günden güne harap olan kısmındaki odalarından geceleri hayaletlerin çıktığını, sofalarda, ıssız yerlerde dolaştığını, evde oturanlar birbirlerine nakil ve hikâye ederlerdi. Hatta oradaki bir esir o hayaletlerden birini karşısında dimdik yüzüne bakar görmüş ve kendisine lakırdı söylemek istediğini halinden anlamıştı. Bu dehşetli evin sırları içinde geçen hayat Dilber'in hiç bilgi ve ilgisi olmadığı halde gönlüne hüzün ve elem verir ve bu ruhani hüzün çocuklara mahsus bir dehşet uyandırdığından kendisi için evin mutfağından, biraz rahatsız olan esircinin odasına kadar akşamları geç vakit yemek götürmek büyük bir kuvvet ve cesarete gerek duyurur ve halbuki kendisinin kuvvet ve cesareti eski hanımıyla Taravet'in hiddet ve şiddetiyle kırıldığından nefsini zorlayarak yerine getirdiği bu hizmet nefsine müthiş bir işkence gelirdi. Elindeki tepsi ile merdivenlerden çıktı. Ayın gamlı ışığıyla hüzün verircesine aydınlanmış sofayı geçerken öbür tarafta bir baykuş ötüyordu. Harabenin yıkık duvarlarından, gecenin etkileyici sükûnetinden çıkan bu kulak tırmalayan ses üzerine birdenbire ayaklarından başına kadar vücudu buz kesildi. Bir dakika tereddütten sonra hemen adımlarını hızlı hızlı atarak odaya girer girmez, esirci, "Kız sana ne oldu, yüzün kül gibi olmuş," dedi.

"Hanım burada bir fena kuş ötüyor. Hani..."

"Budala, bir kuştan bu kadar korkulur mu? Sen böyle korkuyla, merakla günden güne çirkinleşeceğine gez, koş, eğlen. Biraz güzel ol! Seni beğensinler. İyi bir yere satıl da hem sen rahat et, hem ben para kazanayım. Hadi şimdi git udunu çal."

Dilber kapıdan çıkarak, sofanın öbür tarafındaki odaya girdi. Bu oda yukarıda tarif olunan odaların en mükemmellerinden olarak pencerelerin önündeki uzun minder bir beyaz yüzle örtülmüş, ortadaki küçük masanın üzerine bir lamba konulmuş, bir iki iskemle, birçok şilte, duvara asılmış ud gibi, keman gibi musiki aletleri içindeydi; birçok yatak şiltesi olan bir yüklük vardı. Odada mevcut bulunan kızlardan biri bağdaş kurarak oturduğu erkân minderinde, doğal halde olan saçları dizlerinin üzerine dökülmüş ud çalıyor, bir başkası büyük minderin üzerinde dikiş dikiyor, öteki kendinden geçmiş halde bir kitap okumakla meşgul olduğu gibi, diğer iki esir de birbirleriyle konuşuyorlardı.

Kafkasya'dan... O mavi sisler içinde semaya dokunuyor gibi görünen yüksek dağlarından... Sabah kuşlarının çeşitli sesleriyle sevda uyandıran vahşi ormanlarından... Kenarındaki çiçeklerin, etrafındaki yeşilliklerin üstünden geçen bulutların aksiyle birçok güzel renk içinde akarak yüksek tepelerden ruhu besleyen bir ahenkle billur şeffaflığında dökülen su kenarlarında kendilerine mahsus çalgılar ile ettikleri eğlenceli dansların zevk ve sevincinden tam bir şevk ile bahsediyorlardı. Kendisinden geçmiş bir halde okumakla meşgul olan esir, kitabını kapayarak masumiyetin temiz yüzüne verdiği düşünceli bir hüzün ile gözlerini aydınlığa dikerek, "Güç şey!" dedi. "Küçüklükten beri hizmetlerini, sıkıntılarını çek. Sonra ev sahibinin çirkin, pis oğlunun heveslerine boyun eğmediğin için bir hile, bir iftira ile hiç işin araştırılmaksızın esirci evine çık..."

Sonra ayağa kalkıp baş başa vererek konuşan iki cariyenin yanına giderek:

"Ah, Şayeste! O güzel günler, o parlak hayaller, o tatlı hatıralar, şu kısacık müddette, şu birkaç gün içinde ömrüm gibi gözümün önünden geçip gittiğini seyrederken bu çırpınan gönlüm de onların ardından gitmek istedi. O içinde büyüdüğüm evin bahçesindeki ağaçları bile özledim. Orada bir gül ağacı, ayrıldıktan sonra anlıyorum ki benim yarim imiş. O odalar, o yüzler, o köşeler bütün çocukluğumun, mutluluğumun hatıraları imiş. Şimdi hiç bilmediğin bir adama, hiç tanımadığın bir eve satılmak... Kimindir o şiir Şayetse? Sanki bizim için yazılmış gibi:

"Uçun kuşlar, uçun, doğduğum yere

Şimdi dağlarında mor sümbül vardır

Ormanlar koynunda bir serin dere

Dikenler içinde sarı gül vardır

O çay ağır ağır akar; yorgun mu bilmem

Mehtabı hasta mı, solgun mu bilmem

Yaslı gelin gibi mahzun mu bilmem

Yüce dağ başında siyah tül vardır

Orda geçti benim güzel günlerim

O demleri anıp bugün inlerim

Destan-i ömrümü okur, dinlerim

İçimde oralı bir bülbül vardır

Uçun kuşlar, uçun, burada vefa yok

Öyle akar sular, öyle hava yok

Feryadıma karşı aks-i sada yok

Bu yangın yerinde soğuk kül vardır

Hey Rıza, kederin başından aşkın

Bitip tükenmiyor elem-i aşkın

Sende derya gibi daima taşkın

Daima çalkalanır bir gönül vardır."

Kızlardan biri, bu sözlere daha fazla dayanamayıp ağlamaya başladı. Bu sırada Dilber yerinden kalkmış, sofayı dinliyordu. Zira halayıkların bir odada toplanarak birbirlerine sırlarını söylediklerini ve özellikle içlerinden birinin ağlamaya bile cesaret ettiğini esirci duyacak olsa ceza görmeleri muhakkak idi.

Bu kızın, havai mavi gözlerinin yaşları içinde, rutubetli bir gecede semada coşkulu bir aşk yıldızı gibi sevdalar içinde görünen bir hayalden hiç bahsetmek istemediği halinden anlaşılıyordu.

Minderin üzerinde dikiş diken diğer esir, kırbaç altında kaplan olmuş bir kedi, şiddet ve hakaretten kurda dönmüş bir kuzu idi. En üzüntülü gününde, senelerden beri tam bir boyun eğişle tahammül ettiği dayaklara, şiddetlere, hakaretlere karşı hiç beklenilmez bir zamanda birdenbire isyan ederek o zayıf halayık bir dişi kaplan kesilmiş, önüne tesadüf eden eşyayı paralamış, en kıymetli mücevherat ile imal edilen bir göğüslüğü ayağının altında ezmiş ve hatta bunlardan daha korkunç bir cinayet olarak... söylemesi müthiş... efendisinin evine kundak koymuş, ateşe vermişti.

Hepsi lambanın etrafına toplandı. Ud çalan kızın da hüzünlü bir hikâyesi vardı. Hizmetçilik yaptığı evde, genç ve yakışıklı bir paşaya âşık olmuştu; paşa da kendisine karşılık vermişti. Lakin nasıl olduysa, bu küçük gönül meselesi hanımı tarafından duyulmuştu. Ud çalan kız, bu sebeple satıldığını, şimdi esirci evlerinde bir paşanın derdiyle ağlayarak ne kadar etkilendiğini üzüntüsünden titrer bir sesle anlatıyordu. Mahcubiyetle önüne doğru bakarak kendisine de, hanımına da hak veriyor, „Fakat kocasının bir hatasından dolayı ceza olarak beni satmamalıydı" diyordu. Aşk, mahrumiyet, gönül alma, sızlanma, esaret acısı, sır söyleme, konuşma buralara geldiği zaman oda kapısı birdenbire şiddetle arkasına kadar açıldı! Dilber kendisine verilen memuriyette yanılmıştı.

Zira esirci, ticaretine büyük zarar vereceği için böyle sır açan konuşmaları büyük bir şiddetle yasakladığı halde bu yasağa rağmen kapıdan dinlediği en gizli sözler üzerine büyük bir öfkeyle elinde bir kırbaçla odaya girdi. Üzüntü verici manzara... Acıklı görünüm... Kırbaç hükmünü şiddet ve saldırmayla yerine getirmeye başlayınca kızlar feryat ederek kaçışıyorlardı. En büyük ailelerin mutluluk ve okşamasıyla terbiye gören bu güzel kızların çıplak vücutlarına değen kırbacı görmek kendilerini birer küçük bahane ile satan efendilerinin bile taş yüreklerine tesir ederdi. Bir iki dakika sonra –herkese tövbe ettirdiği için– odanın içine bir sükûnet geldi. Dilber konuşmayı hayretle dinleyerek hiç karışmadığı ve kendisinin hayat hikâyesinden hiç bahsetmediği için cezadan ayrı tutulmuştu. Yalnız kızların hepsini ayırdığı gibi Dilber'i de bahçe üzerindeki odaların birine götürerek, "Burada yat! Sesin çıkmasın!" dedi. Gözünün önünde yatağını yaptırarak kandili yaktı.

Odanın kapısını çekip de sofayı geçerken, esircinin uzaklaşmakta olan ayak sesini dinleyerek artık hiçbir ses işitemediği zaman bu gamlı hanenin mezar gibi soğuk, müthiş odasında yalnız başına kaldığını anlayarak vücudunda dolaşmaya başlayan hafif bir titremeyle yatağına girdi. Bir iki dakikanın geçişi esnasında hayatın acı tecrübelerinin hatıralarıyla dolu olan küçücük başını yastıktan kaldırıp etrafında hiç... hiçbir hareket, hiç... hiçbir ses işitmeyince titreyen vücuduyla sıkı sıkıya yorgana sarılarak yatağın içinde oturdu. Başucundan, o bin senelik Bizans harabelerinin yıkılmış surlarından gayet yürek parçalayan, gayet çirkin, kahkahaya benzer bir ses geldi. Bir yaralı kuş gibi çırpınarak ayağa kalkmak istedi.

Baykuş ötüyordu.

Ou! Bu ses... Bu ses hakkında birkaç asırdan beri zihinden zihine aktarılan uğursuzluk fikri, felaket habercisi olduğuna dair batıl inançlar bu küçücük zihinde de gizlenecek bir yer bulmuştu. Odanın ancak bir tarafını aydınlatarak öbür taraflardaki karanlığın içinde kaybolup giden kandilin belli belirsiz ışığıyla yine kandilden ancak seçilebilir bir surette tüten ince bir sisin duvardaki aksi dakika geçtikçe büyüyerek korkan bakışlarına kâh beyazlar giyinmiş siyah külahlı müthiş bir mahluk, kâh elinde yanar odunuyla kendi üzerine doğru gelen Taravet'in bir hayali gibi görünmeye başladı. Başını yastığa koyarak yorganı yüzüne çekti.

Baykuş ötüyordu...

Bu eve geldiğinden beri daima bahsi tekrarlanan hayallerin gecenin derin karanlığı ve ancak o heybetli kubbesini gösteren yoğun sisleri içinde tek başına duran zindan tarafından ayak sesleri gelerek gittikçe yaklaşıyordu. Tüyleri diken diken olmuştu.

Baykuş ötüyordu...

Hatırına hemen kapıdan çıkıp bütün kuvvetiyle koşarak esircinin odasına kaçmak geldi. Bu teşebbüsü için de zaman geçmişti. Zira kapı artık hayaletler tarafından büsbütün istila edilmişti. Pencereyi açıp pek yüksek olmayan bahçeye atılmak için yüzünü camların tarafına çevirdi.

Baykuş ötüyordu...

Başını yorgana sararak yattı. Elleriyle kulaklarını kapadı. Faydasız! Gece hayaletlerinin pencerelerden kahkahaları, kapıdan lakırdı ettikleri işitiliyordu. Sinirsel bir buhran ile yastıktan başını kaldırıp her tarafı dinledi. Bu sefer bütün sesler kesilmişti.

Sabah olmaya başladı! Işıkların doğuş yeri olan doğuya ve özellikle o sabaha mahsus, baş ucundaki pencerelerden girerek ve annesinin koruma ve yardım için gökyüzünden uzanmış kollarına benzettiği iki ışık sütununun ortasında, kararsız kalbi susarak baygın haliyle uykuya daldı.

5

Sabah saat dörde gelmişti ki esirci aşağıya inerek Dilber'in sürmelediği oda kapısını vuruyordu.

Cevap alamadı. Tekrar kapıyı vurarak, "Dilber, Dilber!" dedi. Yine cevap yok. Dilber uykusuzluğun verdiği güçsüzlük, korkunun meydana getirdiği baygınlıktan yorgun bir halde uyuyordu. Üçüncü defa daha şiddetle, "Dilber, Dilber!" diye kapıyı vurup da bir cevap alamayınca büyük bir telaşla bir iskemlenin üstüne çıkarak kapının aralığından iç taraftaki üst sürmeyi, iskemleden inerek alt sürmeyi çekince kapıyı şiddetle itti. Kapı açılırken oluşan gürültüden Dilber uyandı. Esirci, "Dilber sana ne oldu? Niçin bu kadar uyuyorsun?" diye sorduğu zaman Dilber gözleri yaşla dolu bir halde, "Ben bu gece pek korktum, bu oda pek fena," dedi. Esirci korkudan Dilber'in sıhhatine gelecek zarar ve bozulmanın ticaret ve menfaatine vereceği zararı düşünerek, "A kızım, korkacak ne var? Ben senin bu kadar korkak olduğunu bilseydim seni bu odada yalnız bırakır mıydım? Bundan sonra her gece benimle yat," diyerek Dilber'i gözlerinden öptü. Sonra okşayarak: "Hadi kalk kızım. Senin için hayırlı müşteriler geldi. Yüzünü yıka, değiş."

Esirci gittikten sonra Dilber giyindi, yukarıya çıkıp da bir yabancı hanımın eteğini öptüğü zaman esirci, kızın ud çalmaktaki maharetinden ve okuyup yazması bulunduğundan ve birkaç günden beri yakalandığı nezleden bahis ederek renginin bu uçukluğunu nezlesine, vücudunun bu zayıflığını derslerine olan aşırı gayretine dayandırarak bir hafta denemek üzere vereceğini ve eğer bir kusuru ortaya çıkar ise tekrar kabul edeceğini ifade ederek Dilber'i yüz elli liraya sattı. Eğer biraz çirkince olmasaydı iki yüz lira isteyeceğini ilave etti. Gerçekten Dilber çirkinleşmişti. Alınyazısının çizgisinde devam eden hayatının gelişme çağında uğradığı zorluklar, engeller yüzüne gayet hafif bir karanlık örtü çekmiş, zorluk ve sefaletler vaktinden evvel açılmış gül yaprakları gibi küçük küçük buruşuklar meydana getirmesiyle yanakları seçilecek surette sarkarak on iki senelik vücudun üzerinde elli senelik bir çehre hasıl olmuştu.

Bir hafta sonra idi ki, esirci, Dilber'in bedeli olan parayı
tamamıyla aldığına dair senedi teslim etti.

6

"Küçük! Sen ne kadar güzelsin böyle! Bu siyah gözler... Yüz,
ağız, dudaklar... Güzel, güzel... Bu uçuk renk, bu gamlı bakış,
bir hüzün verici bir tabloya model olacak. Yoksa hasta mısın?"

"Hayır."

"Rengin neden bu kadar uçuk?"

"Bilmem."

"Kaç yaşındasnı?"

"On beş."

"Kafkasya'dan mı? İzmit'ten mi?"

"..."

"Şu koyu yeşil ağaçlara, ormanlara, siyah gözlerinle mavi
semaya bak. Bu renkteki memleketten mi geldin?"

"Evet."

"İsmin?"

"Dilber."

Akşamları güneş ışınlarının, –insanların hareketleri ve sesleri dindiği gece yarıları– perilerin yıkandığı Marmara'nın koyu mavi pürüzsüz yüzeyi üzerine yıldızların cam mavisi gökyüzünden âşıkane bakışlar gibi ulaştıkları nurani izleriyle gece, denizin yüzeyine inci işlenmiş mavi atlastan örtüsünü örtmüştü. Parlak yıldızların çoğunlukla biriktikleri gök parçasına benzeyen suların üzerinde hafif mehtabı andırır bir yıldız ışığı oluşarak denizin –kalbi çarparak sevdiğinin dudaklarından öpen âşık gibi– çırpına çırpına sevdalı bir surette ufuklara dokunan küçücük dalgaların mavi karanlıklar içinde kaldığını sahildeki bir hanenin balkonunda, bir koltuğun üzerinde sigarasını içerek seyreden Celal Bey, o saatte, Paris'te öğrenimi sırasında geçirdiği beş altı senelik müddeti ve hiçbir kederle zehirlenmeyen yirmi üç senelik hayatın neşeli hatıraları, yine Paris'te iken içinde bulunduğu medeni dünyanın bazı gizli köşelerinde bir güzel tebessümü, bir tatlı bakışı, kalbindeki hislerden uzak olarak düşünür ve bunların hepsinin önündeki denizden sırlar aynasından dalgalana dalgalana geçtiğini seyrederdi.

Ressamlık yüce sanatına olan üstün yeteneği, medeniyetin mucizevi terbiyesi sayesinde aday olduğu seçkin konumu kazanarak Boğaziçi'nin sevdalı bir hüzün içinde akan sularına kapılmış birkaç çift kayık içinde ince yaşmaklarından gül rengindeki yanakları, kıvılcımlar saçar parlak siyah gözleri görünür iki hanım, kenarları saçaklı bir şalla örtülü olan kayığın arkasında bir harem ağası resmi çizerek "salon"a takdim etmişti.

Oradaki seçici heyet Jerom'un bu yetenekli öğrencisini takdir ederek yalnız Boğaziçi'nin maviliğinin, semadan başak demetleri gibi dökülen ışığın yoğunluk ve parlaklığının abartılarak resmedildiğini eleştirdikleri zaman bir mektup yazarak: „Dikkatle bakılırsa, insan aklının ötesinde uçuşan ulvi varlıkların gözle görülebilecği kadar şeffaf olduğu nurlu bir semanın altında neseyle uzanan doğunun ışıklı bir gününde, hiçbir rengin mübalağa edilmesi kabil olmayacağından" söz ederek seçkin eserini "salon"a kabul ettirmek mutluluğuna erişmişti.

Celal Bey biraz şişmancaydı. Büyük ela gözleriyle sinirli mizacının kararlılık ve dayanıklılığını ortaya çıkaran geniş kızıl yüzüyle Romalıları andırırdı. Mükemmel bir sıhhatle hayatın daima okşayışını gördüğünden neşeli, şen bir tabiata sahipti. Kaldığı memleketlerde, çiçekleri açan bahar gibi geçtiği gönüllerde muhabbet uyandıran gençliğin en parlak, coşkun devrinde bulunduğu halde kalbinde aşk ve alakaya bir yetenek, bir eğilim hissetmez ve yüce sanatından başka bir güzel sevmediğini daima bir gurur ve ara sıra gizli bir üzüntü ile itiraf eylerdi. Yalnız, bazen bir ilahi meşale gibi eski asırların yoğun karanlığını geçerek Eski Yunan'ın parlak hayallerinin kutsal tapınağa yerleştirdiği ve doğunun baharının çiçeklerle taçlandırdığı bir güzellik meleğinin güzelliğinin saltanatına kapıldığını kalbi ara sıra kendisine gizli gizli söylerdi.

Mısır'da birçok memuriyette bulunarak uzun zaman yaşayan ve servet kazanan babasının, Moda Burnu taraflarında büyük paralarla inşa ettirdiği Avrupai binasının deniz tarafındaki manzarasına karşılık kara tarafında çınar, kestane, zeytin gibi insanı düşündüren ve dalgınlık içindeki hayale lacivert gökyüzünü gösteren yüksek ağaçlar, güneşin ışığını dalgalandırarak, uzun ve latif gölgeleri ve güzellikleri hiçbir tarafla irtibatı olmayan bahçeye ruhun aradığı bir sükûn ve asayişi verirdi.

Bahçeye bakan tarafın alt katında bir salon, salonda mermerden büyük bir ocak, ocağın kenarları mermer üzerine işlenmiş mitolojik tasvirlerden bellerinden aşağısı balık şeklinde iki çıplak kız, ocağın üstünde büyük bir ayna, önünde beyaz bir ayı pöstekisi, ortada XIV. Louis zamanına mahsus sanat ve zarafet eserlerinden bir masa, etrafında ayakları ve arkaları yaldızlı iskemleler, yine o sanatlı devrin güzel mahsullerinden ufak bir çalışma masası, küçük görüşmelere, gizli konuşmalara müsait birbirine karşılıklı konularak yekdiğerine birleştirilmiş koltuklara benzeyen kanepeler; kanepelerin arkasında, odanın köşelerinde eski madenlere takliden yapılmış saksılar içinde Afrika ve Hint tabiatının coşkunluk ve bereketini gösterir, uçları tavana dokunacak kadar büyük çiçeklerle salonun zemini Anadolu güzel sanatlarından olan küçük halılar döşenmiş olmakla beraber üzerinde en nadir hayvanların pöstekileri, yaldızlı koyu kırmızı kâğıtlı duvarlarında Fatih'in İstanbul'a muzaffer girişini büyük bir görkem ve heybetle gösterir bir mükemmel tablo, diğer tarafında Aziz Elen'in sisler, dumanlar içinde kalmış kayalarının üzerinde şahane bakışlı bir kartal gibi istila edici bakışını Avrupa tarafındaki ufuklara dikmiş düşünen Birinci Napolyon'un heybetli tasviri. Bu yolda döşenmiş salondaki ocağın sağ köşesinde büyük bir piyano, geceleri on dokuz yaşındaki kızının –sevgi sırlarının sarayının yaldızlı kapılarını açmaya hazırlanmış– parmakları ruhu okşayacak gizli hisleri uyandıracak bir sevdalı hava ile şevk ve neşe saçardı.

Akşam yemeğinden sonra salona girdikleri zaman aile fertleri lambaların renkli karpuzlarından akseden gayet açık mavi bir ışığın altında toplanarak gazetelerini, kitaplarını okurlar, sonra ailenin babası olan Asaf Paşa hanımıyla bazen kâğıt oynar, yukarıda dediğimiz gibi kızı piyano çalar, Celal Bey bir ihtiyar Fransız mürebbiyesiyle beraber resimli gazeteleri karıştırır, bir taraftan da piyanoyu dinlerdi. Salonun pencerelere yakın küçük kapısından bir bölmeye girilir, bu bölmeden de yukarıda bahsettiğimiz bahçeye çıkılırdı. Yine alt kattaki salonun hizasındaki yemek odasının zemine kadar inmiş büyük pencerelerinde uçları yerlere kadar sarkmış mavi atlastan perdelerin bıraktıkları aralıklardan bakıp çiçekler içinde dolaşır, gölün kenarında düşünür; ağaçların tepelerinde dalar, ormanın yeşil karanlığı içine kadar güçsüz olarak nüfuz ederdi.

Celal Bey'in kızkardeşinin, ki ismi Tesliye idi, mürebbiyesi olan bu ihtiyar Fransız hanımı on seneden beri İstanbul'da bulunduğu halde Türkçe olarak "bakalım", "kısmet", "yavaş yavaş" gibi bir iki kelimeden, cümleden başka bir şey bilmez ve fakat misyonerlerin Protestanlığı yaymak için gösterdikleri derecede bir taassupla kendi milletinin lisanını herkese öğretmek isterdi. "Voltaire'in, Hugo'nun, Jan Jacques Rousseau'nun dilini bütün insanlık âlemi öğrenmeye mecburdur" derdi. Türkçenin kendisine mahsus bir edebiyatı olduğunu işittiği zaman tamamıyla inanmamışsa da yine hayrette kalmıştı. İstanbul'a ilk geldiği günlerde sofrada lisan bahsi geçerken, "Türkçe Bizantenlerin söylediği dilden alınmıştır ya..." deyip de etrafındakilerin gülümsediklerini görüp: "Yoksa Mısır'da şimdi konuşulan Arapçadan mı?.." Sonra hiddetlenerek, "Bilinmez ki! doğuda tüm hakikatler kadınlar gibi kapalı" derdi. Londra'dan bahsolunduğu zaman, yanı başında o parlak Paris varken senenin bir büyük kısmını sisler, dumanlarla çevrili bir karanlık memleket içinde geçirenlere hayret ederek ve kendisinin mürebbiyelik vazifesiyle Londra'da geçirdiği kış mevsiminin bir pazar gününe sözü getirerek "Büyük bir şehrin üzerine çöküp de damlara değen bir siyah bulutun karanlığı altında kalan sokaklardan kimse geçmez; kiliselerden başka açık bir yer bulunmaz; dört milyon ahalisi olan bir şehrin facia ile birdenbire öldüğünü görmek isterseniz aralık ayının bir pazar gününde Londra'ya gidiniz. Bir karanlık duman içinde bir hayal gibi sessiz ve nadiren geçenler o büyük parklara girerek sürekli yağan bir yağmurun altında ölümden bahseden vaizlerini dinleyip de bir sokağın bir ucundan öbür tarafına gidinceye kadar İngiliz hastalığı olan kara sevdaya uğramamaları mümkün müdür?" sualini, çok söylemek ve söyledikleri sözlerde sıkça zekâ ve güzel konuşmak gibi Fransızlara mahsus bir tavır ile anlatırdı.

Hangi gün gözlüğünü takarak bir Fransa gazetesi okusa eski diplomatların millet meclislerindeki nutuklarını andırır büyüklenen bir tavırla, "Çok sürmez, önümüzdeki baharda Almanlara savaş ilanı muhakkaktır," der veya ne zaman birisi,

"Bugünkü havadisi işittin mi?" dese, "Nedir? Fransa Almanya'ya savaş ilanı mı etti?" diye sorardı. Ev sahibesi tarafından Dilber'e de ders vermesi kendisinden rica edilmişti.

Dilber bu evde mutluydu. Sabahları evin hanımıyla kızının odalarını düzenler ve kendisinin gayret ve dikkatine havale edilen bir kanaryanın kafesini temizler, yemini verir, suyunu değiştirirdi. Ara sıra sabahları kafesin yanına gidip de kanaryanın ürkmeden içinde çırpındığını görünce, çocukların pek neşeli oldukları zaman kendilerine mahsus masumane bir güzellikle gülerek, "Sarılar giymiş küçük halayık! Sarayında rahat otur, yaramazlık edersen seni Taravet'in yanına gönderirim", derdi. Fakat en yumuşak ve nazik olan zamanında kalbine giren korku bir sabit fikir gibi yerinden kımıldamadığı için evde efendilerinden biri "Dilber" diye çağırdığı vakit yukarıya titreyerek çıkardı. Her ne hizmet etse mutlak dayağa veya azarlanmaya müstahak olacak bir kusur ettiğine inanırdı. O esnada birisi, "Buraya bak!" dese hemen şaşırarak, "Ben onu düzeltirim, ben her hizmete gelirim" cevabını verirdi.

Sonra karşısındakinin, "Sen hiçbir kusur etmedin", lütfunu işiterek içi rahatlardı. Ev sahibesi gördüğü medeni terbiyenin etkisiyle Dilber'e daima lütuf ve nezaketle muamele ederse de (ediyorsa da) halayıklar hakkında mensub olduğu Mısır ailelerinden kendisine geçen derin bir küçümseyici ve aşağılayıcı tavrı insaniyetin şiddet ve hakaretini tecrübe eden Dilber'e özel değildi. Cariyeler hakkındaki af ve müsamahasına bu küçümseyen ve aşağılayan tavrın büyük dahli olarak mesela onun bazı küçük kabahatlerini affettiği zaman, "Ne olacak, halayık parçası!" der ve bu aşağılayıcı af Dilber'e bir zalimce ceza kadar etkileyici gelirdi. Özellikle Celal Bey'in, her türlü geçici hevesine tabi olan bu güçlü ressamın her saat değişen birtakım çocukça arzularına, eğlencelerine vasıta olmak insanlık onurunu yaralıyordu. Bu küçük, ıstıraplı mahluk genç, mutlu, yüce, mesut olan bu beyin bir "oyuncağı" idi. Bazı günler oyuncağını eski Mısır kıyafetine sokar, başını çiçeklerle donatır, bir odaya kor, odanın denize bakan tarafındaki penceresini açarak Marmara'nın sonunda mavi, pembe, birtakım sisler içinde batmakta olan güneşin odanın içine akseden, birçok ruh besleyen renkleriyle süslü görünen Dilber'in resmini yapardı. Dilber her türlü duygulardan uzak olan bu Roma heykelinin karşısında saatlerce oturarak ikide birde, "Yerinden kımıldanma! Çiçekleri dağıtma!", ara sıra da sanatla uğraşanların yüksek çalışmalarında tesadüf ettiği zorlukların verdiği zalimce bir kızgınlıkla, "Nefes alma!" tehditlerine uğradıkça sarayın en tenha köşesinde yalnız başına sıkılan bir kraliçe gibi başını sallayarak, "Of, Yarabbi!" derdi. Dilber vücuden gördüğü rahat ve asayişin tesiri ile haftalar, aylar geçtikçe güzelleşiyordu. Gönül alıcı endamı fevkalade bir intizam ile yükselmekte ve yüzündeki renkler güzellik ve tazelik kazanarak göz alıcı bir hale girmekteydi. Yaz günleri çoğunlukla öğle üstü elinde bir Fransızca kitap olduğu halde bahçenin akasya ağaçlarıyla bir zümrüt kafese benzeyen çardağındaki yalnızlık köşesine çekilerek ve bu sükûn ve hiddeti hiçbir kimse tarafından bozulmamak için hariçten gelecek bakışlardan gizlenerek en gizli bir tarafında oturur, etrafındaki ağaçların dallarından güya kendisini seyretmek için küçücük başlarını uzatarak ötüşen kuşların nağmeleri başının üzerinde hoş bir ahenk oluşturduğu zaman Paul ve Virginei'i okumakla meşgul olurdu. Oh, bu küçük Virginei ne mutlu!.. Hayatının en büyük mutluluğu olarak, gayet gururlu Mısırlı bir hanımın esiri, gençlik ve mutlulukla kendinden geçmiş olan gayet şen bir beyin oyuncağı olduğunu düşünerek ruhunun en derin köşesinde böyle yakıcı sevgiye nasıl büyük ihtiyaç hissederdi.

Fakat "Paul"ün git git göğe ulaşarak Tanrının eşiğine yüz süren okyanusun heyecan veren dalgaları içinde görünmez olduğunu okuduğu zaman Virjini'nin halini önüne getirdiği gözlerinden kitabın üzerine bir iki damla yaş dökülmüştü.

Yine bir öğle üzeri idi ki güneşin oluklardan dökülür gibi zemine düşerek coşan ışığıyla her tarafın ateş içinde kaldığı bir günde sükûnet veren yalnızlık köşesine çekilmişti. Bütün kâinat içinde yalnız başına olduğunu hisseden Dilber'e etrafında gölge yapan akasya ağaçlarının tazeliği, içinde ötüşen kuşların şen ahengi, üzerinde teneffüs eden çiçeklerin kokularıyla, bir perinin gizli yuvası denilmeye layık olan bu çardak cihanın her türlü dağdağa ve acılarından uzak bir sığınak idi. Buraya girer girmez kız çocuklarında yaratılıştan gelen işveli bir nezaket ve güzellikten anlayan bir itina ile Celal Bey'in odasında görerek pek beğendiği bir levhayı takliden başını çiçeklerle donatarak yavaş yavaş şarkı söylüyordu. Yarım saatten beri evin içinde arayıp da bulamayınca bahçeye çıkarak, "Dilber! Dilber!" diye kendisini çağıran Celal Bey'in sesini işittiği halde hiç cevap vermedi. Durmadan Dilber'i, oyuncağı arayan Celal Bey yanından geçerken o esnada ortaya çıkarak hoş bir neşe veren bir poyraz rüzgârı akasya ağaçlarının dallarını titreterek bu küçük firarinin, bu yaramaz kaçağın gizli yalnızlık köşesini ortaya çıkarınca, kendisine hiç rahat vermeyen bu bey yanına gidip başındaki çiçeklerle yapılmış tacına kahkahalarla gülerek, "Hadi kalk, Kleopatra!" dedi.

Zavallı Kleopatra! Bu zalim İskender'in elinde köleydi. Celal Bey, Dilber'i oturduğu yerden zorla kaldırdı. Onu evin altındaki taşlığa götürdü. Arkasını bir mermer direğe dayatarak üzerine birçok yerleri yamalı, göğsüne, kollarına tesadüf edecek tarafları parçalanmış, yırtılmış bir elbise giydirmek istiyordu. Dilber iki eliyle yakasını sıkı sıkıya tutarak: "Yok! Yok! Mümkün değil giymem."

"Rica ederim Kleopatra."

"Hayır istemem. İstemem diyorum size."

Böyle oyuncakları kıracak kadar kuvvete sahip olan ellerini Dilber'in omuzlarına koyarak elbiseyi giydirdi. Kendisi de karşısına geçerek bir dilenci kızın etkileyici tasvirini çizerken Dilber o fildişinden dökülmüş gibi lekesiz, kusursuz, kollarını gösteren ve güneşin doğuşunu andıran pembemsi bir parlaklık içindeki beyaz göğsünü örtemeyen o parça parça entarinin içinde omzunun üzerine, vücudunun çıplak yerlerine, sırtına dağınık surette dökülmüş koyu siyah saçları – müdafaasında mağlûbiyeti dolayısıyla– güçsüzlüğü anlatır bir surette o harap sütuna dayamış gayet sessiz, gayet yavaş bir hal ile ağlıyordu. Ağlamak... Muvaffakiyet! Tasvir ve tasavvura model seçilen bir dilenci kızının ağlaması ressamın fırçasından dökülen boyalar kadar başarı sağlayan sanat araçlarından idi. Bu kollar... İlkbaharın neşeli bir sabahında mavi göğe karşı seherin gül renkli kapılarını açar gibi görünen ışıklı sütunları andıran bu kollar. Aşağıya doğru meyli belli olur olmaz surette yuvarlak omuzlar. Üzerinden geçen asırların darbelerinden kurtularak tam bir tazelik ve güzellikle güzelliğin harikasını gösteren Yunan'ın mermerden heykellerinde görülebilen bu göğüs.

Hayret! İnsanın ve özellikle genç kızların şekil ve simaca en büyük değişim zamanı olan on beş ile on yedi yaşı arasında geçen iki senelik bir rahat ömrün verimli etkilerinden olarak güzelliğin ruhani anlamının bu derecelerde güç ve ayrıcalık kazanacağı nereden bilinecekti? Bu ressam yüce fırçasını bir tarafa bırakarak oturduğu yerde kolunu dizine ve parmaklarını saçlarının içine sokup başını koluna dayayarak karşısında pek sessiz ağlayan perişan kıyafetli dilenci kızına güzellikten anlayan bakışını dikmiş şaşırıyordu. Bir dakika... Üç dakika... Altı dakika... Hâlâ ağlıyordu. Kendisini mutluluk ve servet sahiplerinin sonsuz heveslerine terk eden esaretin insanlık meziyetlerini küçültmesinden gönlünün ne kadar kırgın, ne kadar üzgün bir halde olduğunu gösteren baygın gözleriyle hürmet edilmek, sevilmek gibi kadınların karşı koyması imkânsız olan nihayet derecede şiddetli arzularının ayaklar altına alınmasından gelen acı ve ıstırabı o halinde uçları aşağıya doğru meyletmiş, hassas olduğunu gösteren incecik dudaklarından anlayarak ne kucağında ağlayacak bir annesi, ne kendisini koruyacak bir baba ve erkek kardeşi olduğunu hatırlama ve bu kısacık esareti süresince yaşadıkları, gördüğü şiddet ve hakaretleri, masumane arzuları, küçücük ümitleri, emelleri, velhasıl bu insanlığın terk ettiği kızın bütün geçmişi gözünün önüne gelmesinden oluşan üzüntüyle iskemleden kalkarak:

"Affını rica ederim Kleopatra. Madem ki istemiyorsun ben de bu fırçayı kırarım. İşte affet diyorum. Özür diliyorum senden. Neden yine için için ağlıyorsun?"

Dilber kendi haline kalıp da elbisesini giyerek dışarı çıktığı zaman her türlü üzüntüye karşı korunmuş olan dayanıklılık heykelinin o gözler... o göğüs... o dudaklar... sevgi ışığı saçan hüzünlü gözlerinden ruhuna doğru akan o yaşlar... Bütün insanlık hüviyetini sükûnet bulması imkânsız büyük bir karışıklık içinde bırakarak hayat yolunu kahramanlık ve dayanıklılıkla geçmek, kendisince en büyük gurur ve övünme sebebi iken kalbi tam bir huzur ve umursamaz neşesine rağmen başlı başına ruhani mesaisini yerine getirdikçe üzüntüsünden buz kesilmiş elini zihninde ilk ışığını yaymaya başlamış sevda ışığının hararetiyle ateş içinde olan alnına koyup biraz düşündükten sonra kendi kendine, "Bu oyuncak bana niçin bu kadar dokundu?" diyerek yukarı kata çıkıyordu. Birdenbire uğradığı duygusal sarsıntının şiddetli etkisini azaltmaya ve hafifletmeye çalışıp, duygusal mücadele belirtisi olarak bir iki günü düşünmekle, birkaç geceyi uykusuzlukla geçirdi. Bu müddet zarfında Dilber'e tesadüf eyledikçe, evvelden ettiği latifelere, şakalara bedel hiçbir şey söylemeyerek yalnız gizli sevgi dolu bir bakıştan sonra düşünürdü. Dilber artık oyuncak değildi. "Kleopatra", "Jülyet"e dönüşmekte idi. Birbirini takip edip gelen tereddüt günleri içinde garip birtakım dalgın düşüncelerin ardından gözünün önünde açılmakta olan ışıklı bir ufka, bir sevgi âlemine doğru koşuyordu. Garip bir değişiklik! Her şey gözünde değişti. Yalnız yatak odasına çekilip de şairane tasavvurları düşünmeye başlayınca, gecenin o derin sessizliğinde âşıkane hayaller arasında dolaşan perilerin ayak sesleri işitiyor, ıssız gecelerde tereddüt ve hayretin sabahlara kadar uykusuz bıraktığı gözlerine her acıyı dindiren uykunun girmemesi, kendisini huzursuz ediyordu. Yine bir gece kararsız olan sevgi hayalleriyle yatağın içinde uykusuz ve yorgun iken birdenbire ayağa kalkarak, "Bir kere daha!" dedi.

Bir kere daha görecekti. Bugün medeniyet dünyasını hayran eden güzellik heykellerine model edilen Yunan'ın göz alıcı kızlarından başka kimseyi beğenmeyen ve gönlüne yanlış haber vererek hıyanet eden zor beğenen bakışını düzeltme ve ikna ile heyecan ve acısını dindirmek istiyordu. Giyinmeye başladığı heyecan esnasında birdenbire gelen bu fikrin şevkiyle aşağıya inerek Dilber'in yattığı odanın kapısına gelince durdu. Kalp çarpıntısı... Her sevgi başlangıcına musallat olan bu kalp çarpıntısı. Ellerinde kapının zenbereğini çevirecek kadar güç bırakmayarak nefsine duraklamalar verdiği zaman zihnine birçok fikirler hücum ederek bu kadar genç bir kızın namus sarayının mahremiyetine gece yarısı girmek, bir haydut gibi vicdanın en pak ve mukaddes olan bu kanununu ayaklar altına almak. Cinayet! O anda, bütün gözlerin kapandığı o karanlıkta, kendisine öfkeli bakışını çeviren vicdanı karşısında, şiddetli bir mahcubiyetle kolunu yüzüne kapayarak, hele esir olduğu için gücünü aşan hizmetlerde vücudu, sıhhati hiç düşünülmediği gibi her türlü saldırıya karşı namus yatağı da muhafazasız olduğundan istifadeye kalkışmak alçaklığına karşı titreyerek geri çekilmeye başladı.

Heyhat! Sevginin üstün kuvvetinin karşı konulmaz, ani biçimde ortaya çıkışı bütün bu düşüncelere ta esasından sarsıntı vermesiyle bir hissini takdir, Meryemcesine bir namusa tutkun olma niyeti ve delaleti ile odanın içine girerek yatağın başında durdu. Uyumuş. Baş ucunda bittiği için sönmüş bir mum. Sırt üstü yatarak derin bir uykuya dalmasından halinde güçsüzlük görünüyordu. Yanında yanan kandil ışığıyla görünen gözlerinin etrafındaki bir iki ince çizgi bu genç kalbin gizli bir acısını açıkça söylüyordu. Sevgi dolu bakışının sevdalı gölgesi olan uzun kirpikler yaş içinde. Ağlamış. O anda dağınık saçlarının arasında hayret ve takdir ile açılmış gözlerine bir şey ilişince dikkat etti. Bir resim!.. Kimin? Bir kere bakmak! Niçin? Bir biçare esirin belki en kıymetdar yadigârını, en kutsal sırrını uykuda bulunduğu zaman ortaya çıkarmak kendisine en büyük vicdansızlık görünüyordu. Belki cihanda avunma sebebi olarak annesinin... babasının... yahut sevdiğinin... Heyecan ve acı halinde olan zihninden geçen bu son fikre karşı güç ve tahammülünü büsbütün kaybederek resmi aldı. Bu uyuyan güzeli şairane bir surette aydınlatan kandilin yanına götürüp de baktığı zaman yüzü kül gibi olmuştu. Kendisinin resmi idi! Hemen iki elini yüzüne kapayıp ağlaya ağlaya ayaklarına kapanmak istediyse de uyandırmak ve belki gece yarısı odasına geldiği için gücendirmek korkusuyla resmi aldığı yere bırakarak odasına çıktı. Yatağına girdiği zaman yirmi üç senelik hayatı boyunca ilk defa olarak sevda yolunda o kararlılığı ve dayanıklılığı ve belki merhametsizliği gösteren gözlerinden bir surette yaşlar dökülmeye başladı.

7

Uzun ve sıcak bir yaz gününü takip eden ve arabi ayının on üçüne denk gelen bir akşam üzeri büyük ağaçların yapraklarından oluşan yeşil bir gökyüzünün altında Asaf Paşa'nın yeğenleri olan iki genç hanım da davetli bulunduğu halde ailece akşam yemeği yiyorlardı; yalnız kızı, hafif bir nezlesi olduğu için annesinin huzur ve rahatını kaçırır bir annelik acısı ile ettiği ısrar ve zorlama üzerine bahçeye inmemişti. Yemek esnasında ayın yapraklar arasından yansıyan ışığı sofranın beyaz örtüsü üzerinde sönüp parlarken kızının yüksek rütbeli, gayet zengin bir paşa ile evlenmesinden bahsolunuyordu.

Davetli olan yeğenlerinden biri Paris'in son modasını takliden giydiği uzun etekli, açık mavi elbisesi ve boynuna taktığı iki üç sıra incilerle –tamamıyla Doğu'ya mahsus hayallere benzemese de– sabaha karşı sönmek üzere olan yıldızlarıyla gökyüzüne benzemişti. Bu genç hanımlar ilk geldikleri zaman bir taraftan yaşmaklarının iğnelerini çıkarırken, bir taraftan vapurda kamara bulamadıkları için ortalarında oturdukları bazı kadınların davranışlarından şikâyet ederlerdi. Sefaletin sebep olduğu kıskanç bir bakış, terbiyesizliğin icap ettiği dil uzatan bir tavırla yaşmaklarına, feracelerine, giyinmelerine ve hatta yürüyüşlerine, "Bunların hallerine bakın. Ne günlere kaldık dostlar" yolunda itirazlar ederek kendilerini rahatsız etmişlerdi. Küçük kızkardeşi daha ziyade üzüntü içinde idi. Yüzü mahcubiyetle kızararak temiz namuslarına edepsizce saldırıldığı zaman kadınlara en ziyade güzellik veren şahane bir nefretle, "Sokağa çıkmak doğru değil ki" demişti. Hakikatte de o gün vapurdan çıkarken birkaç kişi sevgi gösterisi yolunda kendisine babasının terbiyesi altında hiç işitmediği birtakım sözler söylemişti. Genel ahlak ve terbiye adlarıyla örtünen Müslüman kadınlara milli namusu aşağılar surette söz söylemenin, sonra örtünme sebebini sorgulayan Avrupalılara, Müslüman kadınların namuslarına olan hürmetimiz cevabını vermenin büyük bir tezat olduğunu itiraf etmeliyiz.

Varlıkları memleketimize şeref vermeyen bir gençlik grubu vardır ki kanarya sarısı renginde boyun bağları, kenarları gayet kalın, siyah şeritli, açık renk ceketleri, mavi pantolonlarıyla önlerine gelen kadınlara, diğer bir deyişle genel namusa çekinmeden saldırırlar. Bunlar hiç tanımadıkları edep sahiplerine nasıl musallat olurlarsa, hiç bilmedikleri edebiyata da öyle saldırılarda bulunurlar.

Edebiyatta en ziyade alkışladıkları kişiler, topluluğun terbiye ve eğitim ışığından mahrum oldukları için daimi bir sefalet ve cehalet karanlığı içinde bulunan aşağı tabakalarındaki sefil ve rezil kimselere gıpta ettirecek surette söğüp sayan, çekiştiren ve eleştiren kişilerdir. Onlarca şan ve şöhret, üstünlük ağızlarından, kin bulaşmış zehir saçan yılanlar gibi kalemlerinden dehanın yüzüne mürekkep tüküren veya

mükemmel tarifiyle en ziyade sövenlerdir. Sabahtan akşama
kadar içtikleri sigara dumanlarıyla sararmış parmakları,
oturdukları mahallelerin pek muntazam olmayan yollarında
düşmemek için eğilerek yürüdüklerinden ve kalemlerinde
temize çektikleri müsveddeleri eğilerek yazdıklarından, terbiye
gereği eğilerek selam verdiklerinden kamburlaşmış endamları,
içkiye olan düşkünlükleriyle kötü beslenmeden toprak rengini
alan yüzleri, eğitim ve bilginin yerini alan kötü ahlakı,
hilekârlığı gösteren küçük siyah gözleriyle bütün kadınlar,
giyinişlerine, görünüşlerinin güzelliğine, terbiye ve edeplerine
tutkun, hayran oluyor inancındadırlar. Hele bunlar içinde
kendi lisanlarında mektup yazacak veya o yazdığı mektuptan
daha güzel olmamak üzere bir iki şey yayımlayacak kadar bir
ifade güzelliğine sahip olanlarla konuşmak isteyenlerin vay
haline.

İsmini işittikleri Lamartin'den gülerek bahsederler, resmini
gördükleri Viktor Hugo'yu takdire layık bulurlar. Edep ve
alçakgönüllülük sahibi olanlardan biri kendilerini milli
namusun koruyucusu olan edep ve terbiye dairesinde
eleştirecek olsa hemen ateş kesilerek İskender'in yönetimi altına
girmesi için bir imparatora hitabı kadar gururlu ve üstün bir
tavır ile "Ben ona kalemimi gösteririm," der! Acaba ne yapacak?
Gayet adi bir iki söz oyunu ile mükemmel bir surette sövecek.
Kalemlerinin marifeti, edep ve irfanları, galibiyet silahları
sövmek olan rezil insanların güzellik ve namus sahibi iki
kadına saldırılarının üzüntüsüyle tamamıyla dışına çıktığımız
sadede dönüyoruz. Kadınlarda gayet şiddetli olan yükselme
hırsı, üstün olma arzusu, gösteriş sevdasına uyan bu evlilikten

dolayı bütün yüzü bir tebessüm halinde bulunarak hele gençlik devrinin en parlak kısmında büyükçe bir servetle en yüce marifeti zatında toplayan oğlu için bütün İstanbul'un yükseklik ve asaletinden bahsettiği en büyük ailenin kızını düşünür, bazen bu kadarla da yetinmeyerek tutkulu arzusu, yükselme ümidini takip ile tasavvurlarından daha büyük yönlere kadar yükselirdi. Şakacı karakterine ve neşeli mizacına aykırı olarak üç dört dakikadan beri önündeki yemeğini unutmuş bir hal ile düşünen oğlunu kadınlara ve özellikle annelere mahsus gizli şeyleri gören dikkatli bakışından geçirerek Celal'i içinde bulunduğu dalgın düşüncelerinden uyandıracak bir ses ile konuşmaya başladı:

"Celal, kızkardeşinin tebrik için gözlerinden öptün mü? Bir mutlu evlilik..."

"Kendisine sorunuz."

"Niçin sorayım? Evlilik için lazım olan asalet ve ikbal değil midir?"

"Hayır anneciğim. Güzellik ve namus. Sevgi de çoğunlukla bunların ardından gelir."

"Asalet ve ikbal bunlara mani mi? Bence herkes içinde ismi söylenecek bir iktidar ve marifeti, zenginliği, asaleti olmayan bir adamı yakışıklıdır diye almak pek adiliktir, hem de evlilikte en ziyade aranılan meşrep ve mizaç uygunluğu değil midir? Birisi cemiyetin en yüksek tabakasında, diğeri en aşağı kısmında terbiye görmüş iki kişide iyi geçinmek mümkün müdür? Servetin büyük bir itina ile terbiye ettiği asilzadelerden bir erkeğe, bir kıza fakirliğin kayıtsızlıkla büyüttüğü bir adam nasıl layık olabilir? Birinin kader ve itibarının daima azaldığını, diğerinin haysiyetinin daima kırıldığını hissederek yaşamasında ne türlü refah ve saadet görüyorsun?"

"Yıldızlar karanlık içinde parladığı gibi, fakirlik ve sefalet içinde de saflık ve yücelikle parlayan ruhlar yok mudur? Bir kalp sevmek için mutlak servete, asalete mi muhtaçtır? Bence en gerçek ikbal, ruhun göründüğü iki güzel göz, en büyük servet kalbin hissini gösteren gül renginde dudaklardan akseden tebessümdür. Güzellikten büyük asalet, kalp temizliğinden büyük servet mi olur?"

Zehra Hanım sofrada bulunanlara doğru dönerek:

"Ben asilzadelerin ressam, şair olmalarını hiç istemem. Halk içinde seçkin olan mevkilerini, haysiyetlerini düşürecek birtakım esassız fikirler kazanıyorlar."

Celal: "Asalet, gösteriş ve servete; servet, asalet gösterisine tapıyor. Ben, namus ve sevgiye."

"Servet ve asalet hakkındaki fikirlerini hiç beğenmedim, Celal."

"Belki bütünüyle yanlış. Fakat bunlar benim fikirlerim ve inançlarım. İnsan hiç kimseye ve özellikle Cenabı Hak ile annelere yalan söylememelidir."

Bu konuşma esnasında Asaf Paşa yeğenleriyle konuşarak bahse hiç girişmiyordu.

Böyle sofralarda yemek nihayete yaklaşınca tabii olarak gelen bir neşe ile yapılan konuşmalar ve ara sıra kahkaha sedaları o gece rahatsız olan Tesliye Hanım'ın bulunduğu oda kapısının ışığında garip bir hüzün ile küçük hanımını bekleyen Dilber'e aksettikçe büyük bir meylin gizli bir aşkın tesiratıyla kendisine derin surette dokunuyordu. Asalet ve servetle gururlanan ve saadet neşesiyle mest olan bu genç hanımlarla beylerin geleceğe güven ile zenginliğin şaşaasından oluşan bu kahkaha sedalarının uzaktan uzağa aksi tekrarlandıkça, kapı eşiklerinde bu kadar yüce, bu kadar zengin bir beyin sevgisinin derdiyle kararsız olduğunu düşünerek esir olanlarda kalp ve ruhun varlığını zalimce bir ceza kabul ederek mahzun mahzun ağlıyordu.

Hepsi sofradan kalkarak mehtaba karşı ağaçların aralarında, gölün kenarında gülüşerek gezerlerken annesi oğlunun yanına gelerek, "Celal sen sigarayı bıraktın mı?" dediği zaman Celal Bey uyanır gibi bir hal ile, "Hayır, unutmuşum," cevabını verince vücudundan bir parça vererek ve kanından fedakârlık ederek yetiştirdiği evladının –ileride uğrayacağı felaketlerin acısını kendi gönlünde hissedeceği için– kalbinin sırlarına kadar bir sahip olma hakkı veren annelik aşkı ile sırrını öğrenmek ve hakikati anlamak yolunda sabırsızlanarak kızının yanına çıktı. Kapı eşiğinde hanımını görür görmez birdenbire ayağa kalkan Dilber'le konuştular.

"Sen ağladın mı?"

"Hayır efendim."

"Gözlerin niçin kızarmış?"

"Bilmem efendim."

Kızıyla biraz oturup da dışarıya çıktığı zaman ailece arabalarla
Fener'e giderek bir iki saat gezip dolaştıktan sonra dönerek
yatak odalarına çekilmişlerdi ki Celal Bey uyuyamıyordu.
Güneşin gökte yükselmesi gözleri uyandırdığı gibi ayın o kadar
âşıkane surette her tarafa akseden ışığı da bu genç, heyecan
dolu ruhu uyandırmıştı. Uyuyamıyordu. Yatağından kalkarak
acı ve kalp çarpıntısını yatıştırmak için eline bir kitap aldı; bir
saat zarfında otuz kırk sahife okudu. Fakat okuduğu yerlerin
bir kelimesini bile anlamamıştı. Uykusuzluğun verdiği bir
hararetle yataktan kalkıp saate bakarak sabahın yaklaştığını
anlayınca bir şafak seyri için bahçeye inmeye karar verdi.
Giyinip de kimseyi uyandırmamak için yavaş yavaş
merdivenlerden aşağı inince alt kat odalarının açık bir
penceresinin önünde birisinin gamlı bir surette düşündüğünü
görerek korku ve çekinme ile yanına yaklaştı. Dilber'di! Galiba
o da hiç uyumamıştı ki gündüz gibi elbisesi hâlâ üstünde idi.
Birbirleriyle konuşmaya başladılar. Celal Bey:

"Bak şu yıldızlar gecenin bu derin sükûneti içinde nasıl
parlıyor. Ta şu ufkun üzerinde senin gönlüne bakan iki benzer
yıldız düşündüklerini Zühre'ye söylemek için ufuklara doğru
uzaklaşan iki beyaz güvercini andırmıyor mu? Bunlar güzel!
Hepsi güzel! Fakat sen onlardan daha güzelsin. Sen niçin
uyumadın?"

Dilber gönlündeki sevgisini gizlemek için, "Hiç efendim, ben uyudum," demek istediyse de, Celal Bey, ruhun kendisine bıraktığı sırları ortaya çıkarmaya alışmış olan gözlerinden sevgiye meylini anlayarak:

"Senin bana ne kadar tesir ettiğini biliyor musun? Beni gündüzleri düşündüren, gece sabahlara kadar uyutmayan hep sensin", dedi Celal Bey.

İkisi de üç dört dakika önlerine bakarak yalnız o dalgınlık süresi zarfında ara sıra birbirlerine arzuyla bakarak sessiz sessiz hayranlık ve sevgilerini gösterdikten sonra Celal Bey'in titrer bir sesle ettiği teklif üzerine bahçeye çıkmak üzere alt kat merdivenlerinden aşağı inmeye başladılar. Garip bir ani değişiklik! Birbirlerine büyük bir mahremiyetle durmadan, "Sus! Yavaş! Ayağını oraya basma" diyorlar. Zira elbiselerinin bir yere temasından veya merdivenlerin biraz kımıldamasından gecenin o büyük sükûneti içinde bir ses oluşsa bütün ev halkını uyandıracak gürültülü bir ses gibi geliyor, taşlıkta uyanık bulunanların bile işitmeyeceği bir seda oluşur oluşmaz ikisi de bulundukları noktada birdenbire durup kimsenin uyanıp uyanmadığını anlamak için dinleyerek bahçeye çıktılar. Ağaçların yapraklarından dökülen çiçeklerin aralarından çıkan serin bir rüzgâr Dilber'in saçlarıyla oynadığı gibi bu iki genç ruha sevdalı bir titreme veriyordu. İkisi de büyük bir çekingenlik ile çimenden yapılmış bir seddin üzerini bir aşk sığınağı kabul ederek oturdular. Etrafta hiçbir ses, hiçbir hareket yoktu. Yalnız başlarının üstündeki ilahi sonsuz uzaklıkta bütün yıldızlar dalgalanıyordu. Celal Bey Dilber'in ellerinden tutarak:

"Üşüyor musun? Bu hafif rüzgâr çiçeklerin nefesidir. Sana dokunmaz değil mi?"

"Hayır. Bana bu manzara, bu büyüklük dokunuyor."

Bu esnada gökyüzünün gittikçe açık mavi bir renk alması sabahın yaklaşmasını bu iki sevgiliye ilan etmekte idi.

Havaya bakarak tabiatın güzelliklerini, birbirlerine bakarak yaratılışın güzelliklerini kutsayarak sevgi konusunda güvence, bağlılık yemini gibi âşıkane nazlanma ve yalvarma içinde iken doğu tarafındaki yıldızların yaklaşmakta olan bu ruh besleyen sefa sabahının uzaktan uzağa tebessümüne karşı renkleri uçarak güzellikle sersemliyorlardı. Sabaha kadar sonsuzluk içindeki sevgi gözleri gibi uyanık olan yıldızlar birer birer sönüp kayboluyordu.

İkisi de yerlerinden kalktılar. Yolları güçlükle seçerek bahçenin kapısından çıkıp tabiatın ağaçları, çimenleri ile kapladığı bir yolu takip etmeye başladılar. Yolun yarısına geldikleri zaman ikisi de etrafı küçük parmaklıkla kapatılmış bir tek mezarın kenarında durdu. Bulutsuz olan gecelerde bir parlak yıldızın kandillik ettiği bu taze mezarı Celal parmağıyla göstererek:

"Şu toprağın örttüğü, on sekiz yaşında bir kızın vücududur. Bu köyün fevkalade sevdiği genç adamla nişanlanmıştı. Senelerce nişanlı olarak beklediği halde nihayet o genç adam bir başkasıyla evlenerek kendisini terk edince işte bu mezar meydana çıktı," dediği zaman alçakgönüllülük ile dualar ettikten sonra karşı tarafta yüksek bir seddin üzerine çıktılar. Celal Bey, Dilber'i uçları çiçek açmış çayırların içine oturttu. Kendisi de ayak ucuna oturduğu zaman çimenlerin, çiçeklerin içinde Dilber'in yalnız o bahar çiçeklerinin hepsinden güzel olan yüzü görünüyordu. Doğu tarafı gittikçe ağarmakta ve yeryüzü hâlâ karanlık içinde bulunduğu halde gökyüzü bir lacivert ışık ile aydınlanmakta idi. Bu iki seven ve sevilenin sevgi tahtına –yabancı bakışlardan gizlenmek için– gecenin karanlığı bir siyah örtü çekiyor ve üstlerindeki sema ise bir ikbal tacı gibi parlıyorken güneşin o anda renkleri gökkuşağını andıran ışınları atmosferin içinde genişlemeye ve yayılmaya başladı ve ince bulutlarla kaplı olan doğu tarafındaki ufuklar birdenbire gül rengine dönüştü. Bu ufukların üzerine o şeffaf gelecek perdesinden güneşin ışığı hareket ettikçe ufkun ötesinde kâinatın sırları, gökyüzünün gizlilikleri görünüyor gibi oluyordu.

Gecenin rutubetiyle Marmara'nın üzerine inen sisler şafağın aksiyle kırmızı bir renk alarak havaya doğru uçtukça Marmara'nın durgun suları üzerinde uyuyor gibi görünen adalar parlak güzel yüzüne çektiği al tülden yaldızlı duvağını seherin gül renkli parmakları kaldırdığı için birer Yunan ilahesi gibi nurani surette ortaya çıkıyordu. Şairane hayallere benzeyen bu sisler, şafağın ışığına doğru parçalanarak yükseldikçe yeryüzünde uyanacak gözlerden bir diğer âleme doğru kaçışan meleklerin uçarken titreyen gökyüzüne ait elbiselerinin yalnız uzun etekleri görünüyor zannolunurdu. Ta karşıda, güneşin ışığını bile değiştirmedikçe içlerine kabul eylemeyen ormanların en gizli, en kuytu köşelerinde yüzlerce kuş sevda arttıran bir muhabbet hevesiyle ötüşürken, âşıkların bir dakikadan beri birbirine temas ederek o halden ayrılmak istemeyen dudakları kalplerine durmadan sevda naklediyordu. Bu fani âlemde ebedi olmaya layık ne kadar an ve saniye vardır. Gökyüzünde seherin renkleri, zeminde altın renkli bir sabah, çiçeklerden bir demet, kuşların ötüşüyle alkışlanan ilk âşıkane öpücük ebedi olmaya layık değil midir?

İnsan derin hayaller içinde kaybolup gittiği zaman bütün kelimelerin tarif edemeyeceği –ruha karşı şimşek gibi açıldığı anda biten– bir sonsuz tebessüm ebediyete lâyık olmaz mı? Zavallı hafıza!

Günden güne yok olduğunu hissettiğimiz vücut denilen şu toprak yığıntısının üzerinde sürekli var olmaya çalışır durur. Bir hüzün veren bakışı senelerce korur. Bir sözü, bir tebessümü yıllarca saklar.

Etrafından baş dönmesi verecek büyük bir hızla geçen bütün hatıra ve üzüntüleri hemen kaydetmeye çalışır. Bu tahammülü aşan çalışma ile bütün gücü kaybolunca bize ümit veren istikbal biter. Hayatımıza eşlik eden mazi unutulmuşluk denizi içinde mahvolur. O zaman tehlikeli biçimde yaralanmış bir asker gibi bizi mezarın kapısında bırakarak hizmetini terk eder.

8

Artık sabah olmuştu ki Zehra Hanım oğlunun üçüncü defa olarak yatak odasına girip de sahibinin perişanını, zihin ve halini gösterir surette ayak ucundan yere düşmüş yorganı, baş tarafında açık kalmış bir kitabı, sabaha kadar hiç sönmediği için bitmiş bir mumu, öteye beriye atılmış elbiseleri, hüzün ve ümitsizlik ile seyrettikten sonra Dilber'in de odasında olmadığına dördüncü defa olarak emin olup da evladının anne yüreğini huzursuz eden endişe ve dalgınlığı böyle bir hakikate tesadüf edince bir sinir krizi ile birbirine kilitlenmiş ellerini dizlerine doğru indirerek hırs ve emelin kendisine açtığı ikbal sarayının kapılarının yüzüne karşı şiddetle kapanmakta olduğunu ve o kadar tutkuyla arzu eylediği şan ve şerefin kendisine ebedi surette veda eylediğini gözleriyle görüyordu. Celal'in halinde görülen büyük değişikliğin, o coşku ve neşesinin yerini alan sevda hüznünün, kavrayış süratinde ve kararsız tavırlarında görünen dalgınlıkla sükûnetin anlamını, bu iki gencin âşıkane bir surette kaybolmaları açıklıyordu.

Hele insaniyete mensubiyetinden şüphe ettiği bir mahlûku, toplumun hiçbir hukukuna layık görmediği bir esiri, oğlunun böyle kendisinden geçecek bir halde tapınma ve sevilmeye layık kabul etmesi bir yıldırım gibi zihnine ininceye ayakta bulunduğu hal ile geri geri çekilmeye başlayarak başını duvara dayadığı zaman etrafındaki halayıklar koşuşuyordu. Bayılmıştı.

Kendisini odasına çıkardılar. Bütün ev halkını bir telaş ve heyecan içinde bırakan bu sinir krizi biraz yatışınca gerek Celal'e gerek Dilber'e hiçbir şey hissettirilmemesini sıkıca tembih etti.

Zehra Hanım odasına hiç kimseyi kabul etmiyordu. Hanesinin harem kısmındaki bütün işleri tamamıyla hanımının idaresine bırakan Asaf Paşa, eşinin böyle aniden rahatsızlandığını işitince hemen yanına gitti:

"Neyiniz var? Bu sabah birdenbire rahatsız olmuşsunuz. Elleriniz donmuş."

"Celal'in dalgınlığından, halinin değişmesinden ne kadar endişe ediyordum. Bu hallerin hepsi bir halayığın sevgisinden geliyormuş."

"Hangi halayık?"

"Dilber."

"Mümkün değil. Biz onun terbiyesine, tahsiline bu kadar çalıştığımız ve kendisine ikbalini temin eden bir evlilik hazırladığımız halde bütün mesaimizi, kendisinin istikbalini, her şeyi bir cariyenin hizmetten kirlenmiş eline mi teslim ediyor?.. Mümkün değil."

"Sabahtan beri ikisi de odalarında yok."

"Gençlerin bu yoldaki kusurları şiddetle düzeltilmelidir. Senelerin verdiği tecrübeler, akıl ve sükûnetle olunan muhakemeler o kalıcılığı, esası olmayan gençlik ateşinin cinnetlerine feda olunmaz. Hastalanacak ne var? İkisini de hem yasaklayın hem de cezalandırın!"

"İşi bana bırakınız. Sakın Celal'e bir şey açmayın!"

Asaf Paşa, yüzü biraz bozulmuş olarak odadan dışarı çıktığı esnada, Celal Bey'le Dilber tabiatın kâh kendilerini gizlemek için arz ettiği çiçeklerden yapılmış yuvalardan, kâh bütün güzelliğini saçtığı taraflardan dönüyorlardı.

Bahçeye girdikleri zaman âşıkane bir dalgınlıkla geçen mutlu vakitlerin süratini büyük bir üzüntü ve şaşkınlık ile anlamışlardı. Celal Bey o geceyi kendileriyle geçiren yeğenleriyle birlikte gitmek üzere Boğaziçi'nde ikamet eden amcasının yalısına davetliydi ve vapur vaktine yetişmek için odasına çıkıp hemen giyinerek sofada tesadüf ettiği bir cariye ile şu soru-cevap diyaloğu gerçekleşti:

"Annem odasında mı?"

"Evet efendim. Dün gece rahat uyumadıklarından istirahat etmek üzere biraz uyuyacaklar."

"Bastonumu getir. Ben kendisini göreyim."

"Hayır efendim. Kimse girmesin dediler. Hatta küçük hanımlar bile görmeden gittiler."

"Rahatsız değil ya?"

"Hayır efendim. Hiçbir şeyi yok."

Hemen süratle evden çıkarak vapur iskelesine yöneldi. Sevgiden kaynaklanan şiddetli duygularla coşmuş bir halde bulunan bu tecrübesiz genç zihinlere hiçbir şüphe ve tereddüt gelmemişti. Vapur iskeleden hareket etti. Celal Bey'e o gün her şey ışık içinde, hayat içinde görünüyordu. Sevdiğinin güzel yüzüne saatlerce hayranlıkla bakan gözlerine Marmara'nın sonundaki ufuklar açılarak uzaktan uzağa sonsuzluk vaat ediyordu. Köprüden diğer bir vapura bindiği zaman, güya ilk defa görüyormuş gibi Boğaziçi kendisine şahane bir manzara arz ederek hiçbir vakit dikkat etmediği birtakım yerler görüyor ve iki sevgiliyi sükûnet ve güzelliğiyle mutlu edecek mevkiler keşfediyordu. Gökyüzü, sevdiğini kendisine her tarafta gösterecek kadar şeffaf, hava sevdiğinin neşe veren saçının yüzüne dokunduğunu andıracak kadar güzeldi. Heyhat! İnsanın en güçlü fikirlerin, en büyük dâhilerin, mahşerlerin, kıyametlerin tam bir boyun eğişle karşısında titrediği kaderin sırları bir taraftan bu genci şu yoldaki ruh besleyen hayallerle okşarken, diğer taraftan dehşetli bir hakikat hazırlıyordu. Biçare genç bilmiyordu ki, sevgilisini insan kalbini anlamayanların kann dökücü ellerine teslim etmişti.

9

İnsanlığın gözlerini yaşartacak acı hallerdendir ki kanunun yasaklamadığı cinayetlerde, iyi ahlak ve insaniyet ile yasakları vicdana uydurmak fazileti, terbiye yokluğu, bilgi eksikliği, batıl inançlar gibi toplumda mevcut olan bulaşıcı hastalıklar dolayısıyla pek nadir görülür.

O gece Zehra Hanım bir köşesine çekildiği odasında ruhani ümitsizlik ve bedensel bir acı içinde birini bekliyor, hâlâ niçin gelmediğini sabırsızlıkla sordukça, "O taraflarda yangın varmış. Belki kendilerine yakınsa..." ümitsiz cevabını alıyordu.

Kendisini en müşkül mevkide bularak bir iki saat içinde, büyük bir meselenin çözümüne mecburiyetini teslim ile oğlunun gençlik hayalleri ve eğilimleri içinde kaybetmeye çalıştığı istikbalini ve annesine vaat edilen ikbalini mi yahut bu saadet ve ikbale mani olmak isteyen bir esir parçasını mı mahvetmek düşünceleriyle bir müddet düşündükten sonra nihayet Batı'nın verdiği bir gösteriş ve asalet sevdası, hırs ve emelin doğurduğu ikbal ve servet tutkunluğu; Mısır aileleri arasında meydana gelmiş bedbaht esirleri hor görme duygusu ile Dilber'in evden çıkarılmasına karar verildiği esnada, oda kapısından şişmanca olan, vücuduna nispetle yine büyük olan karnını örterek ayaklarına kadar uzun, dikişli bir hırka giymiş, yuvarlak ve nispetsiz surette geniş olan yanaklarının üstünde Tatar cinsine mensubiyetini gösterir küçük, uçları çekik gözlerinde mümkün olduğu kadar bir tatlılık ve bir yalvarma anlamı ortaya çıkararak ve ikiyüzlü bir tebessüm ile çekilen kalın dudakları birtakım seyrek dişler göstererek dualar, alkışlar ile içeriye bir kadın giriyordu. Zehra Hanım uzandığı kanepede elini başına koyarak, kuvvetli bir kararlılığı gösteren çatılmış kaşlarıyla, bildireceği kesin kararın dehşetinden –sonbahar rüzgârına tesadüf etmiş gül yaprakları gibi– dudakları titriyordu. Bir köşede siyah tülle örtülen lamba, odayı karanlık gösterecek surette zayıf bir ışık veriyordu. O esnada şiddetlenerek uzaktan uzağa pencerelerden akseden yangının alevleri, odanın karanlığı içinde şeklini, vaziyetini tasvir ettiği Zehra Hanım bir Roma imparatoriçesine benziyordu. Yangının ışığının yansımaları süsünün baştacı olan sarı saçlarında, uçuk renginde, koyu mavi gözlerinde, o güzel dudaklarında dalgalanmasıyla müthiş bir güzellik kazanmıştı. Bu kadın içeri girer girmez kendisini ağır yükü altında ezmek isteyen ruhani acısının baskısından kurtulup çıkan ve uzaktan uzağa işitilen gök gürlemesine benzer bir seda ile, "Bu getirdiğin Dilber evimin namusunu, oğlumun istikbalini mahvediyor. Sen onu yarın getirdiğin yere bırak", dedi.

Bu kadın kendisine bir iyilik gösterme vesilesi ayıran böyle bir emrin yerine getirilmesini iftihar ve menfaat sermayesi bildiği için kahkahalarla, "A kadınım! Sıkıldığın şeye bak! Yarın hem sizi kurtarırım hem ona uygun bir yer bulurum", cevabını verdi.

Zehra Hanım, "Yarın pek erken. Anladın mı?.." tembihinden sonra, "Beni yalnız bırak," dedi. Kadın kapıdan çıkıp da yalnız başına kalınca ayağa kalktı, pencere yanına doğru gidip biraz düşündü. Gelip tekrar kanepenin üzerine düştüğü zaman anlaşılmaz bir gizli duygu etkisiyle gözleri şebnemler içinde kalmış menekşeleri andırıyordu.

1 0

O gece Dilber'le beraber bir odada yatan Çaresaz sürekli Kafkasya'dan, esaretten ağlaya ağlaya bahsediyordu. Bütün insanlık hüviyetini heyecanlandıran keder, sesine şiddetli bir tesir, lisanına garip bir açıklık vermişti ki Dilber esaret arkadaşının alışılmadık bu haline üzülerek, "Niçin ağlıyorsun?" diye sordukça, "Hiç! Ağlamak esaretin en büyük hakkıdır. Biz, o hürriyete sahibiz..." diyordu. Garip şey! Acaba bu biçare Çaresaz'ın kalbini kim kırmıştı ki Dilber soyunup da yatağına girdiği halde yine durmadan mendile gözlerini silerek ağlamasına devam ediyordu. Dilber yatağından kalkarak:

"Çaresaz! Yalnız dökülen gözyaşları acıdır. Sen hiçbir derdini benden gizlemezken bu acının sebebini niçin saklıyorsun? Memleketinde geçen bir şey mi hatırına geldi? Yoksa çocukken annenin kucağında ağladığını mı hatırladın? Sen kalbini bana da açmazsan burada haline hanımlar mı acıyacak, beyler mi ağlayacak?"

"Ah!.. Yok yok! Onların gözünde ağlayan bir esir mutlak dayağa, azarlanmaya layıktır. İnsanın acısında hastalığına inanmayıp da yatağından kaldırarak hasta hasta hizmet ettirenlerde kalp mi olur, merhamet mi bulunur?.."

Dilber'i kucaklayıp birkaç kere öptükten sonra:

"Kardeşim. Senin gönlün pek yumuşaktır. Bana acırsın bilirim. Bir şey yok, şimdi susar yatağıma girerim. Sen rahatına bak. Bir şey yok!.."

İkisi de yataklarına girdiler.

Daha büsbütün sabah olmamıştı ki odaya bir kadın girerek Dilber'i yatağından kaldırdı. Dilber, "Ne istiyorsunuz?" diye sorduğu zaman, "Kalk bohçanı topla. Yaşmağını yap. Senin bu evde kısmetin bu kadarmış..." cevabını verdi.

Dilber perişan saçlarıyla yatağın ayak ucunda durup, sevgi sabahı gibi yeni uyanan gözlerini elleriyle oğuşturarak büyük bir şaşkınlıkla, "Ne söylüyor bu? Anlayamıyorum!" diyordu. Zira bu genç zihin iki gün evvelki saadet gününü böyle bir matem sabahının takip edeceğini anlamaktan aciz idi.

Bu kadın bir idam mahkûmunu ölüm yerine davet eden bir gardiyan gibi, kızın başucunda her türlü hissiyattan uzak olarak duruyor ve sürekli, "Çabuk ol! Sabah olmadan bu evden çıkacağız.

Efendilerinin emri böyle..." sözünü tekrar ediyordu. Dilber, odasındaki çekmecesinden yaşmağını, feracesini çıkarıp aynanın karşısına geçti. Ağzından aldığı iğnelerle saçlarını kaldırdığı zaman, bu kadın yerinden kımıldamayarak duruyor, odanın köşesindeki halayık ise artık sesi işitilecek surette ağlıyordu. Dilber'in gözlerinde üzüntü gözyaşından eser görünmüyordu. Yalnız renginin, yaptığı yaşmaktan farkı kalmamıştı. Feracesini giyerek ilerleyince, Çaresaz arkasından yetişti, bir müddet birbirlerinin yüzüne baktıktan sonra kucaklaştılar.

Dilber'in yüzündeki soğukluk, arkadaşının dudaklarına hafif bir titreme vermişti.

Dilber önde, bu kadın arkada olarak bahçeye indiklerinde, "Hani bohçan kızım?.." diye sorduğu zaman o vakte kadar hiçbir şey söylemeyen Dilber, "İstemem!" dedi. Kabul etmediği halde bohça kendisine kalır ümidiyle tekrar odaya çıkarak, bohçayı koltuğuna alıp dönüşünde Çaresaz ağlamasından sözünü tamamlayamaz ve anlatamaz bir halde parmağından bir yüzük çıkararak, "Al bunu benim tarafımdan ona ver," diye yalvarırken Dilber bir gün evvel neşeli bir cennet bahçesi kabul ettiği bahçede, sabah letafet ve şaşaasıyla, kuşlar büyük bir şevk ve sevinçle ötmeye başladıkları halde, hiçbir şey hissetmeyerek zihni düşünmek, ciğerleri nefes almak kuvvetini kaybettiği için insana korku verecek kadar uçuk olan rengiyle bahçenin bir tarafına konmuş Venüs heykeline benziyordu.

Kadın, dönüşünde Dilber'i bıraktığı yerde buldu, ikisi birlikte yürümeye başladılar. Biraz uzaklaşınca iki tarafı büyük ağaçlarla çevrili olan bir yolun sonunda sabahın hafif sisleri arasından görünen bu köşke, bu sevgi yuvasına Dilber son bir özlemli bakış ile bakıyordu.

Senelerce oturduğu ve özellikle birkaç aydan beri kendisini coşturan yüce hislerin yuvası olan bu ev, ağaçların arasında sisli bir gökyüzünün altında, derin bir sükûnetin içinde yalnız başına duruyordu.

Dilber, orada bir köşeye, bir taşın üzerine oturup da ebedi olarak veda ettiği bu eve, bu sevgi mabedine saatlerce bakarak birdenbire hücum eden üzüntünün şiddeti, ayrılığın sarsıntısı, özellikle aşağılanarak ayaklar altına alınan sevgisinin onuruyla oracıkta mahvolmak istiyordu. Yanındaki kadın bu beklemeye mani olunca hayatın son dakikalara yaklaştığında hissedilecek can yakan bir acıyla bahçenin kapısından dışarı çıktılar.

Orada tarlalarda çalışmak için pek erken uyanan amele tek tük işlerinin başına gidiyor, bir çobanın çayırlara doğru götürdüğü köyün koyunları, kuzuları meliyordu. Köyün minaresinde bir müezzin Mısır'a, Cezayir'e, Tunus'a mahsus olan Arap ezgisiyle ezan okuyor ve sedası o lekesiz bir mermer sütuna benzeyen minareden bir lacivert âleme doğru yükselerek, sabahın o sükûnet ve şeffafiyeti içinde gökyüzüne aks ile tekrar zemine döküldüğü esnada, uzaktan iki gün evvel Celal Bey'in gösterdiği yalnız mezar görünüyordu. Bulundukları yolu biraz daha takip edip de seherin gayet uçuk renkli ışığı, etrafındaki parmaklıklardan geçerek üzerine aksettiği kabrin yanına gelince, o dakikaya kadar fevkalade suskun görünen Dilber o sevgi perisini okşamaya layık ellerini, o anda en kayıtsız, bir hekimi saatlerce düşündürecek kadar sevdalı bir hüzün kazanan yüzüne kapayarak mezarın ayak ucuna düştü. O gönül alıcı endamı toprağın üzerine kapandığı zaman beş yaşındaki çocuklara mahsus bir şiddetle hıçkıra hıçkıra ağlıyordu. Ne derecelerde bezginlik, ne derecelerde kalp kırıklığı. Ağlamasının sesinden uzakta işine giden bir amele bile yolun üzerinde durmuştu. Yanındaki kaba kadın da telaş ederek uzaktan ameleye, "Oğlum biraz su bul!" diyordu.

1 1

O gece, akşam yemeğinden sonra toplandıkları odada, Asaf
Paşa'nın yeğenlerinden bir hanım meşhur Faust operasının –
nihayetine yaklaştığı– bahçe faslını güzellikleri sevdirecek
şiddetli bir his ile çalıyordu. O güzel ellerin piyanonun tuşları
üzerindeki hareketinden oluşan bir ilahi ahenk yanı başındaki
iskemlede oturarak, sonsuz birtakım hisler içinde sersemlemiş
gibi görünen Celal Bey'in ruhuna dokunduğu için, bu dalgınlık
hali genç kızların tebessümüne sebep oluyordu. Galiba ruhun
heyecan ve acısında bulduğu en büyük teselli, anladığı en güzel
lisan şiirden sonra musikidir. Piyano biter bitmez, gençlik
coşkusuyla dolu olan bu hanımlar, manalı tebessümlerle Celal
Bey'in kolundan çekerek:

"Çoktan beri bir resminizi, yeni bir eserinizi görmedik. Niçin?"

"Ben de bilmem. Bugünlerde hiç çalışamıyorum."

İclal Hanım hassas gönüller için neşe ve güzelliği daima
tehlikeli olan tebessümlerinde devam ederek:

"Zannederim, yapmaktansa, yapılmış, canlı bir tabloya
tutkunsunuz."

Bu söz odadakilerin kahkahaları içinde cevapsız kaldı. Genç
kızların en büyük alışkanlıklarından olduğu üzere, sözden söze
atlayarak ve özellikle en ziyade dikkat ve itinalarını çeken
evlilik bahsine geçerek, Tesliye Hanım'ın düğününü

soruyorlardı.

Bütün kadınlarda şiddetli bir tutkunluk olan elbise merakıyla terzisini, elbisenin rengini, biçimini sonu gelmeyen sorularına ilave ediyorlardı. Babaları Münevver Bey, odaya girdiği zaman, tabii olarak bir sükûnet oluştu. Münevver Bey, Celal'e Telsiye Hanım'ın hazırlanan bu evlilikten memnun olup olmadığını sordu. İnşallah yakında kendisinin de asil bir aile ile akrabalık kuracağını söyledi. Ailesinin amacı ve evlilik şartı olan asalet fikri, o günlerde Celal Bey'in bütün âşk emellerini, neşe ve sevgisini kırıyor, umudunu elde edebilmek için sevgilisinin asil bir ayleye mensup olmadığına ne kadar üzülüyordu.

"Ben evlilikte asalet amacını pek faydasız görüyorum."

Amcası elinde olmayarak, "Niçin?" diye sordu.

"Zira bir güzel bakış, bir tatlı tebessüm en şiddetli bir asalet taraftarına acaba fikrini değiştirtecek bir kuvvete sahip değil midir?"

İslam ahlakı ile terbiye gören amcası genç zihinleri acıklı deliller ve maddi kıyaslar ile zehirleyen çağdaş ilimlere ve birtakım uzayıp giden fikirler ile teselli sebeplerini ellerinden alarak hiçbir şeye inanmayan bu asrın gidiş ve görünüşüne, zaten uçları yukarıya meyilli kaslarıyla birbirine pek yakın olan gözlerini kaldırarak ümitsiz bir dindarca bakış ile bakardı. Soğuk bir tavır ile:

"Hayır. Herkes kendi dengini almalıdır," dedi.

Bu esnada genç hanımlar dışarı çıktıklarından odada Celal Bey'le amcası yalnız kalmışlardı. Bir müddet sükûnetten sonra Celal Bey:

"Arada sevgi olmayarak, sırf menfaat ve servet için edilen evliliği ahlaka uygun mu kabul edersiniz?"

"Gençler evliliklerini ailelerine bırakmalıdırlar."

"Zannederim ki dünyada gençlerin en büyük hakkı istedikleriyle evlenmeleridir. Gözlerin seçme hakkına, zevkin seçme hürriyetine, ruhun tabii uyumuna karışmak en büyük zulüm değil midir?"

"Öyle, fakat o yaşlarda gençlik coşkunluğuyla gözler gerçekleri göremez. Gençlikte zevk insanı çoğunlukla yanıltır. Heyecanı derecesinde, derin olmayan gençliğin, çılgın hevesleri seneler tarafından düzeltilince birdenbire insan ne görür? Hatalarını, kusurlarını ve belki cinayetlerini."

"Hayır, Hayır! İnsan gençliğinde aritmetik ile çarpar veya böler gibi mi evlenmeli? Evlenecek gençlere daima sükûnet, muhakeme tavsiye ederler. Seneler geçip de o sükûnet geldikten sonra o evlilikten lüzumsuz, o evlilikten tatsız bir şey göremem."

"Bu sözlerin hepsi..."

Celal Bey zavallı Dilber'i gözünün önüne getirmesinden oluşan acıma duygusu ve tutkulu fikir ile sözüne devam ederek:

"Güzel olan bir genç kızın, namus ve sevgiyle bir kalbe sahip olmak, sevgi yalvarışı, âşıkça tasvirler gibi kendisini çiçekler içinde gösterecek gençlik hayallerine neşe kaynağı olmak, yaratılış tarafından verilmiş en büyük ayrıcalığı, en tabii hakkıdır. Eğer herkese sükûnet geldikten sonra evlenecekse o güzel kız doğal hakkını nereden arasın?.."

"Bu sözlerin hepsi gençlik ateşi içinde olan zihnin sayıklamasıdır."

"Hayır. Yanılıyorsunuz. Ruhun o coşkunluğu, tabiatın o ateşi olmazsa hayattan bir maksat, bir lezzet anlayamam. Kalbe sükûnet gelince insanı yerin altına koyuyorlar."

Amcası sadece Celal Bey'in fikrini değiştirmek için seçtiği konuşmasını faydasız ve hatta neticesiz görünce en ziyade aşağılamaya ve alay etmeye has olan bir tebessümle:

"Eşinizin bir çiftçi kızı olmasından korkarım!" diyerek bahse son vermek istedi.

Celal Bey bulunduğu iskemlede bir müddet derin düşünmenin verdiği sükûnet ve vaziyette kaldıktan sonra birdenbire ayağa kalkarak, "Amcacığım!" dedi. Amcası deminden beri o kadar dayanıklılıkla konuşan yeğeninin manasını anlayamadığı bu çocukça hitabı üzerine biraz hayretle, "Ne var?" cevabını verdi.

"Siz benim hayatımı kurtarmak ister misiniz?" Hayrete eklenen bir dehşetle:

"Ne söylüyorsun evladım?"

"Benim alakam var."

"Kime?.."

"Bir halayık parçasına!.."

"Hangi halayık?"

"Dilber."

Bir iki dakika kadar ikisi de hiçbir şey söylemedi.

"Siz babama söyleyin! Validem asalete tapıyor!"

"Çocukluk."

"Olsun. Gönül sevgiye karşı daima çocuktur."

"Peki, söylerim. Zannetmem ki razı olsun."

"Rica ederim siz söyleyiniz. Ümit etmem ki sizin hatırınızı, benim kalbimi kırsın."

Zihnen birçok engel ve zorluklar içinde kalan amcasının elini öptükten ve yeğenlerine veda ettikten sonra evine dönmek üzere vapura bindi.

Eğer sevdiği, bahtsız esirlerden olmasa evlilik gibi tamamıyla kendi nefsine ait kabul ettiği hakkı, her türlü zalimce saldırılara karşı muhafaza ve müdafaa edeceğini hatırlamak kendisini şiddetli bir acı içinde bırakıyor ve hele gençlerin arzularına aykırı olarak velilerinin seçimiyle yerine getirilen evliliğin haksızlığını, kötülüğünü göstermek için bir tablo yapmayı düşünüyordu.

Bir gelin odası tasavvur ederek, güzel sanatların bütün servet
ve hünerini sarf ettiği bir süslü köşesinde asalet ve servet
düşüncesi ile evlenmiş bir genç kızın ruhani acısını o güzel
gözlerinin bakışında, etrafındaki incecik çizgilerinde, ilk defa
olarak görüp de beğenmediği kocası hakkındaki nefretini, o
dakikada biraz aşağıya meyilli olan dudaklarının kenarlarında,
ağzının gayet küçük açıklığından görünen beyaz dişlerinde,
kollarını birbirine kavuşturarak acı veren düşüncelerin
koyduğu vaziyetinde göstermek istiyordu. O hüzünlü güzelliğe
karşı kocasının hor görme ve sükûnetle önüne bakarak
düşündüğünü, istediği renkleri sarf ederek, istediği çizgileri
çekerek tasviri başarırsa, insanlık şanına layık ve özellikle kendi
sevda ve emeline uygun olmayan birçok fikir ve iddiaya karşı
somut, üstün bir cevap olarak müzeye herkesin dikkat ve
merhameti önüne asacaktı.

1 2

Celal Bey, annesiyle babasını gördükten sonra çalışmak için en
üst kattaki odasına çıkıyordu. Annesini, rengi biraz uçuk,
konuşmasını, tavrını alışılmışın tersine olarak durgun bir halde
görmesiyle bunu iki gün evvelki rahatsızlığına ve kadınlarda
şiddetle etkili olan sinir krizinin günlerce bıraktığı yorgunluğa
verip endişesini yatıştırarak, yüksek mesaisine ayırdığı
odasının gayet koyu renkte perdelerle örtülü pencerelerinin
başında sanat üstadlarının anlamın toplandığı yer olan irfanlı
alınlarını gösteren yarım heykelleri, duvarlarında

tamamlanmamış bazı resimleri, ortada, odanın her tarafına hafif olmakla beraber güzel olmayan kokusunu yayan boya takımları, diğer bir deyişle bütün bu hayal araç gereçleri arasında yarım saat kadar gezerek zihninde hazırladığı eserine başlamak için mevzunun en gizli köşelerini, en karanlık taraflarını, en müşkül yerlerini hünerli gözlerinde canlandırmakla uğraşıyordu. Başlamak üzere bulunduğu bu tabloda –pek az bile olsa– insan kalbine bir anlayış eseri göstermek sevdasıyla kararsız idi. Kâh gönlü alan bir fikir, nazlı bir sevgili gibi hayalinin kucağına girmekte çekinir ve kâh yeryüzünün en yüksek taraflarına konan kuşlar gibi uçmaya meyilli surette inmek üzere olan yüce fikirlerin kanatlarının hayaline dokunduğunu hisseylerdi. Bu manevi uğraşların tesiriyle vücudunda hafif titreme, gözlerinde sevgi sızıntısı denilecek bir iki damla yaş olduğu halde çalışmaya başladıysa da yalnız bu mesaisinde en ziyade hassas olacak ruhuna kuvvet vermek için o güzel Kafkasyalının gönlüne ve canına rahatlık veren olgun yüzünü görmek istiyordu. Evet görmek istiyordu. Âşığının zihnini aşk kavramları, yüce manalar içinde bırakan gözlerine, bin parlak fikir ilham eden gülümsemesine ihtiyacı vardı. O gülümseme ki hayatın en acı, en karanlık taraflarını aydınlatmak için ilahi bir ışıktır.

Çalışıyor. Güzel sanatlarla uğraşmak için yalnız kalmak lazım. Zira o esnada heyecan durumundadır. Asayiş ve sükûnet lazım. Zira o halde derinden derine konuşan kalbi dinlemek ihtiyacı doğar.

Tam bir saat geçmişti ki oda kapısından giren kişiyi görmek için başını kaldırarak, "Ne istersin Çaresaz?" dedi.

"Hiç, odayı düzeltecektim."

"Şimdi dursun!" cevabını verdiği vakit bir zayıf esirin ümitsizlik ve acı zamanında ortaya çıkan dehşeti Çaresaz'ın yüzünde görerek insani hisleri incelemek arzusuyla, sebebini yumuşak bir tarzla anlamak için, çizdiği hatların bazı küçük yerlerini düzelterek ve tamamlayarak kesik kesik sözlerle konuşmaya başladı.

"Dilber nerde?.. Niçin gözükmüyor?.."

Çaresaz hiç cevap vermeyerek gözlerini dikkatle Celal Bey'e dikmiş bakıyordu. Esaret arkadaşının, dert ortağının felaketiyle müthiş, yüce bir hal almıştı.

"Çaresaz! Sana ne oldu? Niçin cevap vermiyorsun? Efendilerine böyle muamele etmeyi nereden öğrendin?"

"Efendiler küçükten beri büyüttükleri biçare esirleri kolundan tutup da satışa çıkarmayı öğrendikleri zamandan beri."

Celal Bey elinde fırça ile boya takımı olduğu halde başını kaldırıp Çaresaz'a bakarak:

"Anlayamıyorum. Ne söylüyorsun? Çıldırdın mı?"

"Elbet bir esirin sözünü kibarlar anlamaz. Dilber! O sizin oyuncağınız! Dilber! O sizin eğlenceniz! Zavallı kız... Beni dinleseydi... Kuzum siz Allahtan da korkmaz mısınız? Hepsini yaptıktan sonra hiçbir şeyden haberiniz yokmuş gibi bir de

eğleniyorsunuz. Biraz da merhamet etseniz a! Ben de ne
söylüyorum? Bir beyde merhamet!"

Celal Bey'in elinden fırçasıyla boya takımı düşerek yaralı
olanlara mahsus elinde olmayan bir hareketle yerinden
kalkarak, "Çabuk söyle! Dilber'e bir şey mi oldu? Dilber
nerede?" sözünü durmadan tekrar ediyordu. Çaresaz, hiç
beklemediği bu hareketten dolayı biraz hayrette kaldıktan ve
kapıdan çıkmak üzere geri geri çekildikten sonra, "Dilber
satıldı!" dedi. Şimşek gibi parladığı anda biten cevap yıldırım
sürat ve dehşetiyle bütün sinirlerine verdiği bozulmayla bu
genç, dişleri kilitlenerek sinirli mizacının beynine çıkardığı
kanın çokluğundan devrilmiş bir heykel gibi dimdik yere
düştü.

1 3

Beynini yakan şiddetli bir ateşin etkisiyle o geceyi sayıklamalar
içinde geçiren Celal Bey'in yatağının ayak ucunda coştuğu
zaman bütün kâinatın en yüce temaşasını sunan anne sevgisi ile
kararsız olan annesi kendinden geçmiş bir hal içinde yatan
oğlunun elini tutarak, bir cevap almak için gayet sabırsızlıkla,
"Celal nasılsın?.. Acın nerde?" sualini durmadan tekrar ettiği
halde hiçbir cevap alamamıştı. Sabahın verimliliğinin tesiriyle
hararet biraz sükûnet bularak oğlunun gözlerini açtığını
görünce büsbütün üzerine kapanıp, "Celal, ruhum! Nen var?"
diye sorduğu zaman, ciğerparesinin dudaklarının kımıldadığını

görerek dikkat edince, "Dilber!" dediğini işitti. Ah, müthiş isim! Çocuğun istikbalini, evin ikbalini mahveder bir söz! Bir korkunç hayal görmüş gibi geri geri çekilerek kapıdan çıktı.

Odasına girip de Asaf Paşa'nın, "Celal nasıl?" yolundaki sorusuna, söze başlar başlamaz ağlayacağını bildiğinden, bir müddet cevap vermemeye çalıştıktan sonra gözyaşlarıyla, "Ah ben cinayet işledim. Evladımı kendi elimle yaraladım. Dün gece sabaha kadar hararetler içinde yandı. İlk söylediği sözde Dilber'i istiyor. Ben tahammül edemeyeceğim," dedi.

Asaf Paşa biraz düşündükten sonra sigarasını yakarak, "Bir gecelik hararetten kararlılığını bozma. Celal'in gençlik gereklerinden olan bu cinnetine ben boyun eğemem," cevabını verdi. Zehra Hanım ciğerparesinin sağlığını tehlikede görünce anne sevgisinin dayanılmaz acısıyla bir yüce an içinde bütün arzu ve fikirlerini terk ve feda ile, "Hayır, hayır! Ben Dilber'i getirteceğim. Ben küçük bir heves sanıyordum. Evladımı bir fikrin, bir inadın şehidi edemem. O olmadıktan sonra bana ikbalin ne lüzumu var?" deyince Asaf Paşa, "Ah bu valideler! Çocukların istikbalini hep onlar bitirir. Sen emin ol ki o yine bir küçük heves, bir sebatsız emel, bir geçici arzudur. Istırabı da bu geceye mahsustu. O da geçti. İşte bu kadar. Sen işe yeniden başlamak istiyorsun. O senin elinde... Benim rızam yok" kesin cevabını verdiği sırada, Celal Bey yatağından kalkarak odasında geziniyordu. Dünkü ani sarsıntının müthiş tesirinden vücuduna ara sıra bir ürperme geliyor ve etrafında uçurumlar açan bir boşluk kendisini derinliğine doğru çekerek baş dönmesi veriyordu. Hasta mı idi? Hayır! Yaratılışın temel unsurlarına yayılan yıkılış ile iktidar, kuvvet, cesaret gibi yaşama sebepleri kendisini ölümden müthiş olan yokluğa terk ve teslim ederek etrafından çekildiğini hissediyor ve bu bitkinlik hali içinde yanındaki iskemlenin üzerine düşüp gözlerini bir noktaya dikerek zihni –bir mezarı aydınlatan kandil gibi– hüzünlü fikirlere, mahvolmuş ümitlere takılınca içinden bir çocuk gibi ağlama arzusu geliyor, fakat ağlayamıyordu. Bir iki saat bu halde kaldıktan sonra felaket zamanında görülen geçici değişikliklerin izlerinden olarak kendisini bu ümitsizlik ve acıya sürükleyen vahşet, o pis yüzüyle gözünün önünde canlanınca çılgınca bir tavır ile yerinden kalkarak odada bir kafesin içinde dolaşan arslan gibi gezinmeye başlıyordu. Kendisini bütün bu ümitsizliğe ve ıstıraplara sürükleyen vahşet, o murdar yüzüyle adeta gözlerinin önünde canlanmıştı. Elinden gelse, asırlardan beri toplum hayatına iyice yerleşen bu murdar yüzlü vahşiyi insanlığın geleceği adına hemen oracakta mahvetmek isterdi.

Bu korkunç düşüncelerle odanın içinde gezinirken bir yandan da kendi kendine çaresizlik içinde mırıldanıyordu: "Dilber!.. Şimdi kim bilir kimin!.." Bütün ümitleri, hayalleri, bu ani darbeyle yerli bir olmuş, artık yapayalnız kaldığı bu dünyada yaşamak için hiçbir tesellisi, hiçbir sebebi kalmamıştı. Odanın içinde gezinirken, sık sık duruyor, gözlerini karşısındaki boşluğun derinliklerine dikerek, sanki bir hiçlik manzarasına hayali çizgiler çiziyordu. Gayet nazik, gayet tehlikeli bir hayat devresi geçiriyordu. Karışıklık ve çöküntü içinde bulunan sinirleri her türlü üzüntüyü kabule hazır ve acı bir ümitsizlik hali içinde bulunan düşünme kuvveti, içinden geçen müthiş tasavvurlardan birine karar vermeye fevkalade uygun idi.

Ümitsiz, bedbaht, gamlı bir hal ile pencereye dayanarak sabahtan beri esmekte olan kuzey rüzgârının önünde sabun köpükleri gibi uçuşup görünmez olan beyaz bulutları mahzun mahzun seyrettikten sonra bir parça hava almaya ve özellikle dünden beri tutulduğu nefes alma zorluğunu kolaylaştırmaya ihtiyaç görerek giyindi. Bastonu eline alarak hiç kimseye duyurmadan evden çıktı. Bin türlü sevginin hayat veren hatıralarıyla dolu olan bahçeye yüzünü döndürüp bir kere bile bakmayarak yavaş yavaş yoluna devam eylemekte ve kendi üzüntülerine asla katılmayarak şevk ve ahenginde devam eden tabiatın güzelliğini dargın bir yüz, müthiş bir bakışla seyretmekte idi.

Karşısında görünen küçük mezar kendisine derin bir surette tesir ettiği için yolunu değiştirerek bir tepeye doğru çıkıp yorgunluktan hemen oradaki ağacın altına oturdu. Ruhunun ve vücudunun güçsüzlüğünü gösterir bir halsizlikle her takıldığı yerde bir iki dakika duraklayan gözlerini Marmara'ya doğru yöneltti. Âşıkça bir hüzün içinde batmakta olan güneşin ışığına karşı atmacalar, kırlangıçlar sevdalı bir ses ile ötüşerek uçuşuyor ve denizin ta nihayetinde yavaş yavaş uzaklaşan bir vapurun, ufukların hizasında ince bir siyah çizgi gibi görünen dumanı, bir ateş küresi halinde suyun içine inen güneşin önünden geçiyorken vapurun gittiği taraflara doğru kalbinin en derin köşesinden gelen bir seda ile, "Dilber, Dilber" diye bağırıyordu. O anda esmekte olan hafif bir rüzgârın uzaktan dikkatli kulağına getirdiği bir seda üzerine başını sesin geldiği tarafa doğru çevirerek dinledi. İnsanın acizlik ve acısının başlangıcında bütün varlıklardan yardım umduğu, esen rüzgârdan, geçen bulutlardan bir teselli haberi beklediği gibi bu gencin de en küçük şeylere kadar bütün ses ve hareketler dikkatine, sonra da ümitsizliğine sebep olmakta idi.

Gittikçe yaklaşmakta olan bu sesin sahibi gündüzleri oradaki tarlalarda çalışan bir amele idi ki zihni uğraşlar ile gelecek kaygısının yokluğundan ve insani ihtiyaçlarının azlığından gelen bir şevk ve neşe ile guruba karşı:

"Ah aman küçücüğüm
Pek geldi göreceğim!

Ahdettim aman ettim,
Yoluna öleceğim!

Yokuştan yoruldun mu?
Sözüme darıldın mı?
Sen bana yâr olalı
Boynuma sarıldın mı?"

türküsünü söyleyerek geçiyordu.

Ah! Mutlu, mutlu! Toplumun sıkıntılı hesap ve kıyaslarından ve mensubiyetini esir eden batıl âdet ve inançlarından uzak olarak ilkel halinde kalmış bu adamın mutluluğuna nasıl bir takdir ve istek ile özeniyordu. Bütün varlıklar hakkında insan bilgisinin sonucu olan çağdaş ilimler, deneye dayanan felsefenin, şu inanç ve fikirlerinin sığınağına ait mesleği, madde ve tabiatı ayrıntılı biçimde inceleyip de başarının sonucu olarak karamsar kurallar sunan bilimlerin hükmü, kapladığı zihinlerde yaşama sebebi olan bütün yüce emelleri ve insani tesellileri mahv ve tahrip ile fikirleri harabelerdeki baykuşlar gibi ümitsizce feryada ayırdığına ve bu manevi tesirler genç fikirleri, vücutları zehirlediğine hükmederek bu türlü zihni afetlerden kurtulmuş olan amelenin bir müddetçik olsun mutluluğuna katılmak için daha yanına varmadan, "Buraya bak! Nereye gidiyorsun?" diye bağırdı.

Amele birdenbire şarkısını keserek, "Ne istiyorsun?" cevabını verdiği vakit Celal Bey yavaş yavaş yanına yaklaşarak önce bir konuşmaya sebep olacak söz bulmakta zorluk gördükten sonra kendisine bir sigara vererek, "Ateşin var mı? Birer sigara yakalım!" dedi.

Rençber, "Bulunur..." karşılığıyla o günkü mesaisinin ürünü olarak kendisini bir servet hazinesi kadar mutlu eden çuvalını arkasından indirip kuşağının içinden bir kav çıkardı. İkisi de sigaralarını yaktılar.

"Bu çuvalın içinde ne var?"

"O benim emeğim!" Parmağıyla yarısından ziyadesi bellenmiş bir tarla göstererek:

"Gündüzleri ben burada çalışırım. Allah ne verdiyse bu çuvalın içine kor eve götürürüm. Bacı ile beraber, Allahımıza şükür, padişahımıza dua ederek yeriz."

"Demek evlisin. Evleneli çok oldu mu?"

"Yavuklumu alalı iki ay oldu. Şimdi o beni evde dört gözle bekler! Ben de ona çabuk kavuşayım diye sevine sevine giderim. Sen bizim köy düğününe gelmedin mi?"

"Hayır gelmedim. Eşin güzel mi?"

Amele yüzünü ekşiterek:

"Nene lazım! Sen o kadar oralarını sorma."

Celal Bey hata ettiğini anlayarak:

"Yok. Yani memnun musun diyecektim."

"Niçin memnun olmayım? Halime bin şükür. Ben zenginlere, kibarlara bakıyorum da bir yiyip bin şükür ediyorum. Üç gün evvel şu tarlanın öte tarafındaki tek mezarlıkta süslü, genç bir hanım yere kapanmış hüngür hüngür ağlıyordu." Celal Bey birdenbire ayağa kalkıp yine oturdu.

"Demek o süslü elbiselerin içindeki yürekler de pek rahat değil. Haline baktım da yüreğim yandı. Yanında bir ihtiyar kadın benden, o hanım için su istedi. Sen ağlıyor musun? İnsan durduğu yerde ağlar mı?"

"Hayır. Sen anlat. Çabuk anlat."

"Sonra işi anladım. Yesir! Yesir! Bir kabahat etmiş de hanımı darılmış, satılığa çıkarmış. Siz elbette daha çok bilirsiniz, ama yesirleri böyle ağlatmak iyi değil."

Halktan kişilere mahsus ilgisiz bir tavırla ve saf bir şekilde:

"Senin içinde bir derdin mi var?.. Yüzün kül gibi kesildi."

"Hayır. Sen söyle diyorum. Anlat. Sonra ne yaptın? O kız ne oldu? Nereye gitti?"

"Ne olacak! Zavallı kıza biraz su içirdik. Yüzüne biraz su serptik. Sonra ihtiyar kadının elinden tutarak yollarına gittiler. Sen sahiden çocuk gibi ağlıyorsun! Bir derdin varsa Allaha havale et. O ne yaparsa iyi yapar."

"O kızın nereye gittiğini bilir misin?"

"Hayır. Onlar iskeleye doğru gittiler. Ben işime geldim."

"Eğer nereye gittiğini haber verirsen sana yüz lira veririm."

Amele korkmuş gibi geri çekilerek:

"Yüz lira! Kız! Yüz lira! Kız! Valla ne bileyim. Sen bunu bana evvelden haber vermeliydin ya. Ama nereden bileceksin! Yüz lira! Kız! Yüz lira! Kız!"

Biraz düşündükten sonra arkasına çuvalını alarak:

"Ne bilirim ne de bulabilirim. Sana da allahaısmarladık."

Amele Celal Bey'in yanından uzaklaşınca yine şarkısını söylüyordu:

"Şimşir yaprağın dökmez,
Muhabbet gönülden gitmez,
Bu gözler seni gördü,
Başkasına hayretmez."

Ses Celal Bey'in bulunduğu yerden işitile işitile büsbütün kaybolup gitmeye başladığı zaman şiddetli bir ağlamak istidadı hissedip de gücü yetmeyince, ruhu o yaşların içinde boğulma belirtileri göstererek Çamlıca'nın dağlarına, kırlarına doğru son defa olarak, "Dilber!" diye feryat etti ve bacakları ıstıraplı vücudunun ağırlığını taşımakta zayıflık gösterdiğinden ikide bir yolun ortasında oturarak evine döndü.

Evin alt katında annesinin telaş ve kalp çarpıntısı ile, "Celal! Nerede idin?" dediğini işitir işitmez, küçük çocuk gibi ağlaya ağlaya annesinin kucağına düştü. Ruhu bu gama, hayatın ateşini söndürmeye çalışan o gözyaşları, cihan içinde tek keder sığınağı olan insanlık ve merhamet kucağında nasıl bir bolluk, nasıl bir yumuşaklık ile cereyan ediyordu. Annesinin göğsü ıslanmıştı. Ara sıra kederle beraber dökülen bu yaşlar annesinin kalbine sızıyordu.

İnsan hayatın bölümlerinin hangi devrinde olursa olsun anneye karşı daima çocuktur. Gerçekten mertçe bir yaratılışa sahip bir erkek ağlayışı kadar kadında merhamet duygusunu hareketlendirecek bir şey düşünülemez. Özellikle o kadın anne olursa.

1 4

Çalıyor! Fevkalade bir sabırsızlıkla çalıyordu. Cehennemden cennet kapısına sığınmış bir günahkâr gibi ara sıra, "Açın!" diye yalvararak çalıyordu.

Karşısında yarım asır evvelki dükkânlara mahsus kepenklerle kapanmış harap bir fırın, üzerinde – arkasından bir yeniçeri başını çıkarıp da bakacak zannolunan– renkli tepe camları kırılmış, içinde yuva yapan iki kırlangıcın kapılarından girip pencerelerinden çıktığı görünür yıkılmaya yüz tutmuş bir ev, evin yanında terk edilmiş bir demirci dükkânı, sonunda bir yarım köşe oluşturan yolun diğer sokağa bitiştiği görünen bir evin önünde sabır ve tahammülü eritir surette yağan bir yağmurun altında Celal Bey, beraberinde ihtiyarca bir kadın bulunduğu halde sürekli kapıyı çalıyor, fakat hiçbir cevap alamıyordu. Celal Bey, o anda birdenbire gelen delice bir kızgınlıkla zaten kol gücüne dayanma gücü olmayan evin kapısını birkaç yumrukta arkaya doğru devirdi. Çılgıncasına içeriye hücum etti. Dört beş dakika sonra evin bahçe tarafındaki bir köşesinde uyurken bulup da yakasından sürükleyerek sokağa çıkardığı bir adama, "Söyle! Dilber nerede?.. Söylemezsen, saklarsan, billah seni şimdi diri diri şu toprağın içine gömerim," diyordu. Gömleğin yakasını delerek sinir krizi içinde birbirine kilitlenmiş elini sallayarak, "Söylemeyecek misin?" diye sordukça yakasına sarılan bu yok edici pençenin ne olduğunu anlamayan bu adam, "Siz benden ne istiyorsunuz? Ben size ne yaptım?" cevabını veriyordu.

Bu esnada karşıki sokaktan kollarını açıp gerilerek ortaya çıkan ve sık sık esnemesi söylediği sözleri tamamlamasına mâni olan mahalle bekçisi, "Ne oluyor?.. Alıp veremediğiniz ne?" yolunda konuşurken ihtiyarca kadın korkusundan titrer bir sesle:

"Oğlum! Bu evde oturanlar nereye gitti?" diye sorup da bekçi:

"Onlar önceki gün taşındılar. Dışarıya mı, nereye gittiler ben ne bileyim. Bu zavallı adamdan ne istiyorsunuz?" cevabını verdiğinde Celal Bey herifin yakasını bırakarak bir müddet taşlaşmış gibi durduktan sonra:

"Eğer nereye gittiklerini haber verirsen seni ihya ederim," dedi.

Bekçi biraz düşündükten sonra, "Sen bana oturduğun yeri salık ver, ben arar sorarım. Elbette bir haber alır getiririm. Bu yaşlıca bir kadındı," diye gerçeği hikâye etmeye devam ederken Dilber'i bu eve satan kadın söze atılarak:

"Bunları ben de tanımazdım. O gece acele ile bana bu evi söylediler. Ah bari isimlerini hatırımda tutaydım."

Daha sözünü tamamlamadan Celal Bey yanına yaklaşarak, "İnsan tüccarı! İnsanlık ailesi haini! Cehennem ol oradan. Kadın olmasaydın billah seni şimdi elimle boğardım," diye üzerine saldırınca kadın etrafına bir iki kere korkunç korkunç baktıktan sonra süratle sokakların içinde kaybolup gitti.

Şimdi ne yapmalı?! Cehennemi bir ateş içinde kalan hayata nihayetine kadar tahammül mü etmeli?!.. Hayatın maksadı mahvolursa yaşamakta ne lezzet var? Kendisini tutuklayarak, kırdığı kapının zararını ödedikten sonra bıraktılar.

Yağıyor, yağıyor, durmadan yağmur yağıyordu.

Kendi ressama yakışır yüce zevkinin sınırsız güzelliklerini keşfettiği o güzel vücut kim bilir hangi pis vahşinin kucağına düşecek!

Hepsi pek âlâ! Fakat bir aynaya yansıyan şafak gibi o ruhunu gösteren parlak gözleri nasıl unutmalı!

Sabah neşesi olan tebessümünü, ikbal göğünde doğmuş iki yıldız olan o gözlerini kaybettikten sonra doğuşlarda, yıldızlarda bir güzellik, bir lezzet düşünemiyordu. Kendisine onsuz gökyüzü, yer, bütün kâinat boş, manasız ve belki ışıksız görünüyordu. Madem ki o kâinat hissinden, kendi âleminden, havasından kovulmuştu, artık hayatın sürmesine bir lüzum görmüyordu. Yüksek çalışması için modeli de kaybolmuştu. Zira o gözlerin ilham ettiği sonu olmayan sevgi sırlarını bundan sonra kendine kim haber verecek? O tebessümde gizli ebedi manaları nereden anlayacak? Yaratılış güzelliklerinin en parlağı kabul ettiği o yüzdeki renkleri, çizgilerindeki olgunluğu başka ne tarafta bulacak? Etrafta en lüzumsuz bir şey olarak hayatını buluyordu.

Yağıyor, yağıyor, durmadan yağmur yağıyordu!

Evlerin altından geçerken saçaklardan akarak yakasından vücuduna dokunan su damlalarını hissetmiyor, ortadan yürürken dizlerine kadar çıkan çamurları görmüyordu.

Acaba şimdi nerede?.. Asya'da mı Afrikada mı? Eğer Ortaçağ krallarından olsa Asya'ya, o kanlar içinde büyüyen vahşi ihtiyara, bir kertenkeleyi timsah, bir kediyi kaplan eden Afrika'ya savaş ilan ederdi.

Ümitsiz, güçsüz bir halde yoluna devam ederken bir diğerinin işiteceği surette kendi kendine, "Ah! Pek acı çekiyorum!" diyordu. İnsanın yaratılış vazife ve emirlerine karşı istifası, bozulmuş bir zihnin alın yazısına karşı düşmanlık silahı, ümitsizliğin silahlı kızı olan intihar, kulağına gayet çekingen, gayet yavaş bir şeyler söylüyordu: "Ebedi olan bu ıstıraptan seni ben kurtarırım!.." Vücudunun baştan ayağa bir titreme ile sarsıldığını hissederek ve hareketini hızlandırarak kendi kendine, "Evet! Evet!" diyerek vapura girip de kamaranın bir köşesinde oturduğu zaman diğer iki kişi birbirleriyle konuşuyorlardı. Bir müddet sonra iki arkadaştan biri gizlice Celal Bey'i işaret ederek:

"Seninki kendi kendine konuşuyor!"

"Evet! Deliliğin birçok çeşidi var!" Gülüşüyorlardı. Aradan beş dakika geçmişti ki elinde gazetesiyle kamaraya giren bir adam dostluk elini Celal Bey'e uzatarak konuşma merasiminden olan bu sıradan sözlerle konuşmaya başladı:

"Nasılsınız?"

"Şükür iyiyim. Siz nasılsınız?"

"Hamdolsun!"

"Yolda gördüm, pek hızlı geliyordunuz."

"Vapuru kaçırmayayım diye."

Bu söz üzerine hiçbir zihni uğraşları olmayıp da yollarda, vapurlarda herkesin konuşmasını dinleyerek ara sıra söze girişen ve özellikle her hale gülenlerden olan köşedeki iki zat kendilerini engelleyemez surette güldüler.

"Yanılmışsınız sanırım. Daha vapurun hareketine yirmi dakika kadar var."

"Evet! Birkaç günden beri saatim beni yanıltıyor. Yanıltıyor diyorum, adeta benimle eğleniyor. Bazen yoracak kadar koşturur, bazen uzun müsaadeler vererek vapuru kaçırtırıyor. Yanlış saat, muhakemesi bozulmuş bir zihne benziyor!"

"Ne vakitten beri sizinle görüşemedik. Bir yerde rastlayamadım. Renginizi bugün biraz soluk görüyorum. İnşallah vücutça bir rahatsızlığınız yok ya."

"Hayır, bir şeyim yok. Hava pek yağmurlu olduğundan, sanırım biraz soğuk aldım."

Celal Bey hiçbir kelimesini anlayamayacağına emin olduğu halde cebinden bir küçük kitap çıkararak meşgul olunca, yanındaki de gazetesini okumaya başladı. Aradan beş on dakika geçtiği halde Celal Bey'in okumakla meşgul göründüğü küçük kitabının bir sahifesini bile çevirmemesi, mahrum oldukları her fazileti kıskanıp da insani güzelliklerin her çeşidinden terbiyesizliğin doğurduğu bayağı bir alay ile öç almaya kalkışan köşedeki iki adamın gizli gizli konuşmalarına, uzun uzadıya gülüşmelerine sebep oldu. Maddi ve manevi kimliği düzenli olmayan bu bedbaht gencin en ateşli hiddetini ölüyü andırır bir soğukluk ve sükûnet takip ettiği gibi bazen ani olarak o geçici sükûnetin dönüştüğü dehşet ve heyecan ile yerinden kalkarak "Herkül" heykelinden alınmış zannolunan güçlü eliyle köşede hâlâ gülüşmekte olanlardan birinin yakasından tutup ayağa kaldırarak şiddetle yere oturttu.

"Deminden beri yüzüme bakıp gülüyorsunuz. Şimdi de biraz ayağımın altında ağlayınız! Yüzüme bakıp gülmenizin sebebini, bildiğiniz sırrı söylemezseniz sizi ayağımın altında ezerim. Söyle! Yoksa sen esirci misin?" dedi.

Celal Bey'in hiç beklenilmez bir zamanda aldığı bu dehşetin tesiriyle yanındaki dostunun elindeki gazete yere düşmüş ve meydanı boş buldukça küstahça tavırlarına sınır olmayan bu türlü reziller, haysiyet ve namusun bozulmak ve ayaklar altına alınmak istenildiği esnada kazandığı yiğitliğe karşı daima alçaklık zemininde korkak olduklarından iktidar elinin içinde güçsüz olanı yalvarmakla yakasını kurtarmaya, arkadaşı kaçmak için, Celal Bey'in arkasını dayadığı kapıdan çıkmaya çalışıyordu. Celal Bey onun da kolundan yakalayarak:

"Maksadınız ne idi ki benim yüzüme bakıp da gülüyordunuz. Yoksa o senin evinde mi? Sen esir ticaretiyle mi geçiniyorsun? Söyle diyorum! Eğer gizlerseniz ikiniz için de kurtuluş yoktur," dediği zaman yanında bulunan dostu aralarına girerek:

"Siz onlara bakmayın! Kamaralarda kavga etmek size yakışır mı? Yerinize oturun. Haysiyetinizi korumak için ettiğim bu ricamı reddetmezsiniz sanırım," gibi hiddeti yatıştırma yolunda kullandığı yalvaran bir dille söyledikleri sonucunda Celal Bey biraz kendisine gelerek yerine oturunca güçlükle nefes alır bir halde dostuna:

"Eğer sizde ise yalvarırım. Kaç bin lira isterseniz hazırım!.."

Sonra büsbütün kendisine gelerek uykudan uyanır gibi bir hal ile:

"Ne diyordum? O hakaret edercesine tavırları birdenbire pek hiddetime dokundu da. Sizi rahatsız ettim. Affedersiniz."

O iki kişi mücadeleyi takiben hemen kamaradan çıktıkları gibi vapur da Kadıköy iskelesine yanaşıyordu.

Yağıyor, yağıyor, durmadan yağmur yağıyordu!

Evine giden yolu geçmekte devam ederken karşısından ihtiyarca bir kadınla bir genç kız geçerek diğer sokağa giriyorlardı ki, bir av görmüş şahin gibi başını kaldırıp gözlerini o tarafa dikerek, "İşte o! Ta kendisi!" diyerek büyük bir hızla saptıkları sokağa dönüp takibe başladı. "Yürüyüşü, özellikle gönül alıcı endamı... İşte o... Mutlak o... Şemsiye tutuşu... Yanındaki ihtiyar kadınla konuşmayarak düşünceli ve üzgün bir halde yürüyüşü... Ta kendisi!" Şiddetli bir kalp çarpıntısı yürüme kuvvetini, takip etme gücünü kırıyordu. Çocukluğunda en evvel aldığı terbiyeden olarak kadınlara, diğer deyişle milletin namusuna hürmet vazifesi o derecelerde zihninde sağlam yer etmişti ki bu cinnet anında bile takip ettiklerine karşı, "Biraz durunuz!" diye feryat etmek şiddetli arzusuna engel olmakla beraber keşfedeceği hakikatten de korku duyduğu için yanlarına yaklaşamıyordu. Eğer o değilse ümitsizliğinden, o ise sevincinden oluşacak hale güç bulamıyordu. Kendi kendine, "Ah bir kere bulsam, bütün cihanın mevcut kuvvetleri onu benim elimden alamaz..." diyordu. Bu kadınlar büyük bir evin kapısına doğruldular. O eve girip kaybolacaklar. Bir kere görmek! Mümkün değil! Ayakları titriyor, nefesi kesiliyordu. Evin kapısını çalıp da içeriye girmek üzere iken hemen yıldırım gibi önlerinden

geçerek devrilmiş gibi yanındaki sokağın bir duvarına dayandı.
Bu genç kız, Dilber değildi!

1 5

O haftayı müthiş bir surette geçirmişti. Kendisi için bir elemler
asrı sayılan bu müddette yüzüne biraz ziyadece gözünü
dikenlere ve gecenin sırlı örtüsüne bürünerek uzun hasret
gecesinde ortaya çıkıp kaybolan hayaller gibi sessiz sadasız
geçenlere şiddetle hücum ederek, "O sende! O senin evinde!
Verirsen seni ihya ederim! Gizlersen seni öldürürüm!" demeyi
alışkanlık edinmişti. Hatta bir gün kendi nefsi için ıstırap yükü
olan hayattan coşku ve zevk aldığını, yeni açmış bir çiçek gibi
etrafa neşe saçan yüzünden ve arkadaşlarıyla sürekli gülüşerek
konuşmasından anladığı bir genç adamın tenha sokağın
birisinde üzerine saldırarak, "Sen neden bu kadar mutlusun!
Demek ki o mutlaka sende. Şimdi ikimizden birimizin
mahvolması gerekiyor!" deyince genç adam nefsini korumaya
kalkarak Celal Bey'i zabıtaya teslim etmek girişiminde iken kırk
senelik deneyimlerin sahibi olan arkadaşı, "Bırak şu zavallıyı"
sözüyle onları ayrılıp biraz daha ileride, "Bu biçare genç, en
yetenekli ressamlardan iken sebepleri sözlerinden ziyade
sesinden, anlatım şeklinden, anlaşılan bir aşkın kaybıyla bu
hale gelmiştir sanırım" tarzında konuşarak arkadaşının da
acıma duygusunuuyandırmıştı.

Yine bu hafta içinde bir sabah Marmara'nın sefalı yüzeyinde
yüzer yeşil bir sal hükmünde olan Fener'den dönüyordu.
Sabahın verimliliğinin tesiriyle şeffaf olan gökyüzüne karşı
kolaylık ve hürriyetle teneffüs ederek kırlara, köylere mahsus
bir sükûnet içinde bulunan yolu takip ediyordu. Bazen arka
üzeri bir çimenin üzerine yatıp gözlerini gökyüzüne dikerek,
"Rabbim! Ben ne yapayım?.." diye soruyordu. O sükûnet içinde
bir hayli yürüdükten sonra Moda Burnu taraflarından geçerken
bir evden ağlama sesleri işitti. Birdenbire durarak, "Bu evde
ağlıyorlar. Demek ki Dilber burada" dedi. Gidip evin kapısını
çaldı. Kapıyı açan bir ihtiyar kadına, "Yukarıda ağlayan kim?"
sorusunu sorunca kadın eve daima gelen misafirlerden
olduğuna hükmederek, "Ah, sorma! Efendi vefat etti..." cevabını
verdiği esnalarda, cenaze için gelenlere, "Bırakın şu biçareyi.
Asıl ölen benim. Beni gömün" diyordu.

1 6

Bu felaket günleri içinde hiç bu kadar dalgın bir halde
bulunduğu yoktu.

Evin içinde üç günden beri hiçbir kimseye hiçbir kelime
söylememişti. Üçüncü gece ise bir dakika bile gözlerini
kapamayarak sabaha kadar Dilber'i ilk gördüğü balkonda
geziniyor ve ara sıra ufuklara doğru bakışlarını yönelttiğine
bakılırsa birisini beklediği anlaşılıyordu. Denizi coşturarak
gelen rüzgâr kayıtsızlıktan uzamış saçlarını dağıtarak yüzüne

vurdukça sinirlerini bir kat daha bozuyor ve bazen durarak kıyılara çarpıp kırılan dalgaların sesini dinliyordu. Hâlâ doğu karanlık, batı ise doğal olarak büsbütün karanlık içinde görünüyordu ki gittikçe şiddet kazanan rüzgârın coşturduğu deniz ayağının altında feryat ve figan ederken kendi bu kıyametin üstünde kararsız olarak galiba ümidinin ortaya çıkışını sabahın açılmasında bekliyordu. Biraz sonra oradaki koltuğun içine düştü. Sabah heybetiyle doğu taraflarını aydınlatınca yarı açık yarı kapalı gözlerini boş bir noktaya dikerek birdenbire, "Buldum!.. Buldum!" diye feryat etmeye başladı. Gözünün önünden aniden geçen bir hayal mi veyahut perişan, acı çeken bir zihnin kuruntulu bakışlara gösterdiği mahlûkattan mı idi? Her nedense ayağa kalkarak ilim harikalarından bir keşfe mazhar olan Arşimet gibi başı açık, ayağı çıplak, "Buldum!" diye evin içinde koşmaya başlayarak herkesi uyandırdı. Sokak kapısından çıkarken geri çevirdiler. O esnada galiba gözünün önündeki hayal de büsbütün kaybolmuştu ki donmuş gibi bir hal ile yukarı çıkarak anne ve kızkardeşinin ve babasının bulunduğu odaya girdi. Gözleri herkesi görüyor fakat hiç kimseyi tanımıyordu. Annesinin, "Celal! Annene acımaz mısın?" feryadına karşı hissiz bir halde kapının önünde durdu. Biraz sonra yavaş yavaş hemşiresine doğru giderek biraz durdu. Yalnız kendisini zorlama ile, "O şimdi odalık!" dedi.

Sonra ellerini birbirine kilitleyerek birdenbire hemşiresinin kucağına düşüp bayıldı. Annesi ile kızkardeşi ağlaya ağlaya Celal'i yatağa koyarak hemen sabah, topladıkları hekimler, hastalığın şiddetli bir beyin iltihabı olduğunu ve hasta pek ağır

bir halde ise de büsbütün ümitsiz olmadıklarını tıbbi
görüşmelerinin sonucu olarak bildirdiler.

<h2 style="text-align:center">1 7</h2>

Mısır'da zaman ve talihin müsadesi ile sınırsız para kazanan bir
tüccarın Elhamra Sarayı'nı takliden güzel sanatların en yüce
derecesine alayla gülecek biçimde verdiği güzelliğine
doyulmayan Arap mimari tarzının güzellik saltanatını, her
türlü ince işleme ve nakışları, yüce anlamıyla gösterir surette
inşa ettirdiği bir hanenin, baş tarafında abanoz üzerine çiçekler
oyulmuş alçak bir safah tahtı, köşelerinde Arap mimarisinin
güzelliğinin dayanıklı esası kabul edilmeye layık somaki
direkleri, kırmızı ile açık mavi zemin üstüne som yaldız
işlenmiş duvarlarıyla tavanlarının kenarında Afrika
bahçeleriyle Nil'in methini gösteren dizeler ile süslenen bir
salonu, o gece Bin Bir Gece Masalları'nın perilere ait kısmını
gerçek dünyaya nakleder bir halde saz sanatçıları ve dansçılarla
dolu idi.

Salonun büyük bir neşe veren bahçeye açılan pencerelerinden
çiçekler içinde kalan portakal ağaçları, bahçenin etrafındaki
yüksek duvarlarını yeşil bir tazelik örtüsüyle örtülmüş gibi
gösteren gayet enli muz yaprakları arasından gözlere görünmez
bir perinin nefesi gibi çıkarak esintili havanın içine hafiflikle ve
nezaketle yayılan gayet hoş kokular veriyor ve akşamları
bahçenin sonunda birkaç bin seneden beri tabiatın darbelerine
karşı dayanma gücü gösterdiği gibi bütün varlıkları tahrip eden

devrin tufanının sellerine bir engel seddi olmak istiyor gibi görünen piramitlerin arkalarından yaprakları zemine doğru sarkarak Sahra'nın hüzün ve gamı vücutlarına yayılmış zannedilecek derecede sevdayı artıran büyük hurma ağaçlarının tepelerinden Afrika'nın o bütün etrafını gül rengine boyayan uzun, gün batımı ışığına yansıdığı ayna olan bir gölden gecenin sükûneti içinde salona hafif ve hoş bir serinlik geliyordu.

Peri hikâyesi misali!.. O yüksek mermer sütunların altında bağdaş kurarak hepsi bir renkte beyaz atlaslar giymiş, tabii olarak bıraktıkları uzun saçları oturdukları küçük şiltelerin üzerine dökülmüş olan Kafkasya'nın göz alıcı kızları, ruh besleyen sesleri gökteki melekleri indirecek bir yücelikte idi ve keman, ud, kanun gibi musiki aletleri ile neşeli gençlik şarkıları söylerken yirmi, yirmi beş kadar benzersiz güzel, üzerine sırma işlenmiş açık mavi kadifeden şakalarıyla dizliklerine kadar inmiş dalgalı saçları, güzelliğe düşkün gözlerin günlerce üzerinden ayrılmak istemeyeceği billurdan dökülmüş şeffaf, beyaz göğüslerini sunan açık yakalarıyla dans ediyorlardı.

Yukarıda bahsettiğimiz safalı tahtının üzerinde oturan tüccar ise güzellikten, çiçekten meydana gelerek gönül okşayan bir ahengin hareket ettirdiği zenginlik ve büyüklük havası içinde büsbütün mest olmaya başlamıştı.

Peri hikâyeleri gibi bütün Avrupa'ya yayılarak parlaklık veren bir hayal olan Doğu'nun bu eğlence meclisinde en ziyade dikkat çeken saz sanatçıları arasında ud çalan bir kızın beyaz atlas gibi şeffaf güzel yüzünün renginde bir hafif gölge meydana çıkaran uzun kirpikleri arasından –ışınları zayıf bir halde yapraklardan geçen seher yıldızı gibi– ara sıra fevkalade gamlı bir surette açık pencerelerden bahçeye bakması; herkesin sevinç, neşe, şevk içinde bulunduğu esnada –sonbahara rastlamış bir gül yaprağının etrafında dolaşan beyaz kelebekler gibi– hassas bir kalbin ıstırabına delil olacak surette biraz açılmış ve rengi uçmuş dudaklarının üzerinde gezinen hüzünlü tebessümü idi.

Bu kadar canlı güzellikler arasında uzaktan akılara durgunluk veren uyumlu endamıyla kendini gösteren bu kızın renginin uçukluğunu abartılı surette gösteren koyu siyah saçlarının ağırlığına yahut gecenin rutubetiyle tesirini artıran çiçeklerin keskin, etkili, sevda besleyen kokularına yüklenebilecek bir halde o küçücük başı ikide birde önüne doğru düşüyordu. Daha yakından dikkat mümkün olsaydı bir yuvadan işitilen kuş yavrularının sesleri gibi dudaklarının üzerinde dolaşan bir ismi gayet gizli bir "Ah" takip ettiği işitilirdi.

Bir genç kızın haline, bir genç kalbin sırrına hürmet ederek bundan ziyade merak etmeyelim!

Fakat neden bu kadar hüzünlü? Niçin bu derece mustarip? Bir karanlık köşede, büyük bir sütunun arkasında uzun parmaklarını kıvırcık saçlarının içine geçirmiş düşünen ve yollarında canını feda edecek kadar efendilerine sadık olan harem ağalarından biri bu kadar zenginliğe sahip efendisinin bu kızı fevkalade beğendiğini hepsine söylemiş ve özellikle esirin kendisine de müjdelemişti.

Bundan ziyade sırları incelemeye, sır saklamaya hürmet eden kalemden müsaade alamıyoruz. Zaten genç kızların büyük bir özen ile gizledikleri sırları ya bir gözyaşı ya bir tebessüm ortaya çıkarır.

Salonun en ziyade neşe ve coşku kazandığı bir zamanda harem ağasının –ismiyle söyleyelim, Cevher Ağa'nın– zihninden bilmem ne türlü düşünceler geçiyordu ki yüzünün bir fırtınalı gece gibi müthiş, gözlerinin şimşek gibi parlak olduğuna bakılırsa, denebilirdi ki galiba siyah olduğu için tabiata, hadım olduğu için Sudanlılara lanet ediyor.

Zavallı Cevher! Tabiatı heyecana getirecek ne bir yeşillik, üzerinde feryat edecek ne bir ağaç, kenarında şarkı söyleyecek ne bir su kenarı olan çölden alıp da etrafında çağlayarak sular akar, lacivert gökyüzüne doğru yükselmiş, yeşil ağaçlarla çevrili, içi her renkte bin türlü çiçeklerle dolu bir bahçenin içine kanatları kesilerek koyuverilmiş bir kuş gibi daima kuru, daima yakıcı bir güneşin altında kül olmuş Sudan'ın toprakları üzerinden alıp Mısır'ın bu salonlarına getirmişlerdi. O kuş, o bahçede üzerinden uçuşup geçen bulutlara, diğer kuşlara, kuşların minberi olan ağaçlara nasıl bir hasret bakışıyla bakarsa bu da nurlara boğulmuş salonlara, her biri bir güzellik âleminden inmiş gözlere öyle yakıcı bir bakışla bakıyordu. O kuş, başının üstünde gördüğü sonsuz gökyüzüne karşı uçmayı isteyip de kanatsızlığını anladığı zaman nasıl bir acı hissederse bu da ara sıra bir güzel kızın güzellik göğü olan ve kendisine nihayetsiz derecede derin görünen mavi gözlerine bakınca öyle bir mahrumiyet ateşi içinde kalırdı.

Cevher, saz sanatçıları arasında ud çalan ve uyumlu endam, saf güzellik, ruh besleyen güzelliğiyle diğerlerinden ayrılan bu kıza gözlerini dikmişti. İnceleyici bakışından uzak olmayan bu esirin halindeki üzüntüden, bakışındaki hüzünden kendisine gelen bir şüpheyi çözmek, bir hakikati anlamak istiyordu.

Afrika'nın, kış mevsiminde Avrupa ve özellikle Londra gündüzlerine üstün gelecek kadar parlak mehtaplı gecesinde kâinatın ilk sabahından bu ana kadar hâlâ masum bir çocuk olan sevginin aynası denmeye layık bahçesindeki gölün parlak yüzeyinde sandal çekiyorlardı.

Gölün başladığı taraftaki sünger taşlarından geçerek etrafında bir tutkunluk içinde görünen ağaçların altından, kendileri için ab-ı hayat olan çimenlerin aralarından küçük yollar ortaya çıkararak geçen sular, fikirleri mitolojik devirlere doğru götürür birer yol sayılmaya layık idi. Etrafında sükûn ve sükûnet içinde tazeliğin gölgesi olan ağaçların kararsız yansımasını genişleten ve uzatan ve ara sıra üzerine düşen bin renkte çiçek yapraklarını gönül alan sahillere doğru uzaklaştıran gölün üzerinde sarı saçları ay ışığı ile yaldızlanmış kızların sandalları arasından kürek çekerek geçen Cevher, birkaç günden beri hiç yanından ayrılmadığı esiri bir küçük sandalın içine almış gizli bir tarafa doğru çekilip gidiyordu.

Gölün bir tarafında, gecenin nuru ile parlamış, gayet uzun saçları mavi suların üzerinde dalgalanan bir akasya ağacının altında sandalı bir köşeye bağlayarak durdu.

Cevher hâlâ hüzün veren düşünceler içinde bulunan kıza, "Düşünüyorsun. Daima düşünüyorsun! Fakat kimi? Benden korkma! Beni mahrem kabul et. Yüzüm siyah ise, ruhumun da karanlık mı olması gerekir? Ben bir eksik vücut isem bir kalbe de sahip değil miyim? Kimseye acımaz, kimseyi sevmez miyim? Beni bir dost, bir kardeş, istersen bir kızkardeş kabul et. Seninle sohbet edelim," dedi.

Acı ve kederlerine bu derecelerde üzüntü ortağı olması merhamet duygusunu coşturmakla beraber gönlünün en gizli sırrını açmaya cesaret edemeyen kızın etrafına bakındığını gören Cevher, "Çekinme! Kimseler işitmez. Korkma! Bu ağaçlar, çiçekler sır saklar. İnsan değil ki hıyanet etsin" dediği zaman yanındaki esirin gözleri dolmuştu.

"Kederimi, sırrımı sana söylemekte ne fayda var?.. Söyleyip de bana acıyan ince kalbini paralamak merhametsizlik olmaz mı?.."

Cevher hislerinin coşkunluğu ile:

"Ah! Yok. Yok. Seni kurtarırım! Derdine çare bulurum. Söyle! Bana kıymetli valideciğinden nasıl ayrıldığını, eğer geleli çok olmadıysa memleketinde bir nehrin kenarında başını sevgilinin kucağına dayayıp da üzerleri karla kapanmış dağ tepelerini seyrelediğin zaman gönlünde neler hissettiğini söyle! Nihayeti olmayan vahşi ormanların içinde, göklere doğru çıkmış büyük ağaçların altında, hiç sevgilini, nişanlını bekledin mi? Bekledinse kalbin nasıl çarpıyordu! Ormanın iç taraflarında kuşlar nasıl ötüşüyordu? Eve döndüğün zaman validen seni nasıl telaş içinde bekliyordu? Tarif et. Ben de sana memleketimde beni yakıcı bir güneşten, sahranın yırtıcı aslanlarından kurtaran valideciğimin iki zayıf kolları arasında ne kadar bahtiyar olduğumu, sahranın aydınlık gecelerinde hüzünlü hüzünlü şarkı söyleyerek başındaki destileriyle su almaya gelen kızların hâlâ kulağıma akseden sedalarını tasvir edeyim. Ah, bilemezsin. Ben sahranın perisi olan bu kızlardan daha güzel mahluk dünyada yok sanırdım. O ateşli sahrada bu gölgeli yüzler bana ne kadar hoş gelirdi. Her mahluku, her eşyayı vaktinden evvel, haddinden ziyade büyüten Afrika benim de çocukluğumda hislerimi uyandırmış idi. Ara sıra kendi kendime derdim ki: Sarmaşıklar gibi bir kere sarıldığı kalbi bir daha bırakmayan bu kıvırcık saçlar pek tehlikeli. Ah ne bileyim! Ben gökte uçuştuklarını işittiğim melekleri bile siyah zannederdim. Şimdi! Ah şimdi! Gel istersen birbirimizin haline ağlayalım!"

Cevher sözünü bitirdiği zaman genç esir başını eğip asabi bir hareketle entarisinin koluyla oynayarak, "Benim bir derdim yok. Yalnız ben burada oturamam. Ben İstanbul'a gideceğim," dedi.

"İstanbul'a mı? Niçin? Niçin?"

"Çünkü..."

"Ah anlıyorum! İtiraf et!"

"Çünkü ben burada kalırsam yaşayamam. Çünkü..." Birdenbire şiddetle ağlayarak Cevher'in kucağına kapandı.

Cevher bu nurani güzelliğin tek sığınak saydığı kucağına düştüğünü görür görmez gayet zayıf ve nispetsiz derecede uzun olan kollarıyla onu kucaklayıp da matemli yüzünü gökyüzüne çevirerek diyordu ki:

"Allahım! Şu biçare Dilber'i görüyor musun?" Afrika'nın bu yüce gecesinde bir cennet havuzunun bir köşesine güzellik gölgesi olan bir ağaç altını sevgisini itirafa en müsait bulan Dilber oraya geldiğinden beri kendisine acıyarak bir kızkardeş gibi dert ortağı, üzüntü arkadaşı olduğunu daima söyleyen Cevher'in kolları arasında ağlıyordu. Cevher:

"Yeter! Kalbimi bin parça ettin, yeter!" Kulağına doğru eğilerek:

"Seni kurtarırım. Allah aşkına yeter."

Kurtuluşunu temin eden bu ateşli sözleriyle Dilber'i sakinleştirmeye çalışarak o küçük sandalla dönüyorlardı. Gölün kenarına çıktıkları vakit şurada burada, top top olmuş ağaçların altında ud, keman sesi işitiliyor ve artık köşke dönen kızlar ağaçların aralarından, çimenlerin ortalarından geçerken, en büyük tabloların bulutlar yahut sisler içinde birbirine karışık surette hayale arzettikleri melek topluluklarını andırıyordu. Köşke döndüler.

Cevher o nurani güzelliğin gölgesi gibi artık hiç yanından ayrılmıyordu.

Dilber, yatağına çekilerek, sabaha kadar rahat edemediği yatağından alacakaranlıkta kalkıp da odasından çıkarken orada, kapısının eşiğinde siyah bir şey görünce korkarak geri

çekildi. Biraz dikkatle baktıktan sonra üzülerek ve hayretle,
"Cevher! Niçin burada yatıyorsun?" diye sorduğu zaman,
Cevher yattığı adi yerden kollarını kaldırarak, "Odanda rahat
uyuyasın diye seni bekliyorum!" cevabını verdi.

<h2 style="text-align:center">1 8</h2>

Dilber, geçirdiği durum ve olaylarda çok keder görmüş, çok
ağlamış, insaniyetin bazı haksızlıklarından yüksek bir surette
nefret etmiş; fakat şiddet tanımayan nezaket-i hilkatini
[yaratılışındaki inceliğini], hiddet hiç coşturmamıştı. O sabah
ise gözyaşları arasından geçerek karşısında gülümseyen kadına
yönelen bakışında bir şiddet, o küçük güzel ağızdan birbirini
takip ederek dökülen sözlerinde bir tesir, bütün hal ve
tavırlarında garip bir coşkunluk vardı. Hiddetten birbirine
temas ederek tabiatın sanatkâr elinin yaratılışını süslemek için
kullandığı incilerdeki seçkinliğe, düzen ve uyuma delil olan
dişlerinin arasında kaybolmuş sözler, gözyaşlarıyla silinmiş
kelimeler, ruhun yücelik ve nefretinden vücuda gelen
titremeler, yok edilmek ve aşağılanmak istenen sevginin
heyecanıyla tüyleri diken diken olmuş bir halde konuşuyordu.
İşitmemek için elleriyle kollarını tuttuğu bir teklif, bir gölü
coşturan fırtına gibi mizaç ve tabiatındaki sükûnet ve letafeti
coşturmuştu.

Hindistan'ın doğu hayallerini taçlandıran mücevheratını
takdim ve tacirin servet hazinesini teslim eden bu teklif, satın

alınmış bir esirin kalbini kendine ram edemediğini görünce şiddete, tehdide müracaat ediyordu. Hepsi faydasız! Galiba bu esir, akla yatkın olanı kabul etmez bir inatçı, kendisine edilen lütuf ve insanlığı anlamaz bir nankör, efendisinin emrine itaat etmez bir asi idi. Hayır! İnsan kalbini inceleyenlerce öyle değil. Dilber her türlü teklifat ve tehdidata karşı na-kabil-i nüfuz [etkilenmesi imkânsız] bir demirden arzu kesilmişti. Doğu hayallerinden olarak nisan yağmurlarının ilk damlasını alır almaz kapanıp da bir inciyi saklayan sedefler gibi Celal Bey'in ilham ettiği sevgiyi saklayan kalbi hiçbir emel ve arzunun girmesine müsaade etmiyor, hiçbir kimseden gelecek lütuf ve insanlığa açılmıyordu.

Aşkı yoluna büyük bir neşe ve sevinçle bir büyük fedakârlık ederek acı içinde geçen bu hayatında her acıyı teselli eden vicdan rahatlığına sahip olmak istiyordu. Yanındaki kadına hiddetle, "Efendinizin hazineleri, mücevherleri varsa benim de gönlüm var. Odalık mı?.. Ben onun yüzünü gördükçe nefretimden tüylerim ürperiyor. Git kendisine böyle söyle!" deyince yanındaki kadın tahammülünü kaybederek doğru huzuruna çıktığı efendisine bunun cesareti, isyanı, küstahlığı cezasız geçirilirse kızların terbiyesi için olan memuriyetini kabul etmeyeceğini kesin olarak söylediği için Dilber'in hapsine karar verildi.

Bütün ev halkının içinde bu karar, bu emir yalnız Cevher'i öfkeden çıldırtacak derecelerde heyecanlandırarak sofanın ortasında yüksek ses ile, "Kafkasya'nın yaratılışının soyluluğuna, yiğitliğe, fizik güzelliğe sahip olan bir kavmin

Afrika tüccarının ellerinde böyle mahvolması uygun mu?" tarzındaki feryatları arasından geçirdikleri Dilber'i ikinci katta gündüzün ışığına karşı demir pancurları kapanmış, soğuk, karanlık bir odaya koydukları zaman neşeden ziyade hüznü gösteren bir tebessümle, "İşte Kleopatra Mısır'ın bir odasında mahpus..." dedi.

Sevdiğinin gülerek verdiği bu isim, kendisine pek hoş geliyordu. Dilber hapsolunduğunun ikinci gecesinde insan zihnine yabancı olan birtakım karanlık fikirlerin acı yükü altında eziliyormuş gibi yuvarlaklığı, beyazlığı hayret veren uzunca boynunu önüne doğru eğerek düşünüyordu. Düşünceli gözlerinin önünden mazinin unutma eli ile belirli renkleri silinmiş birtakım uçuk renkli hayaller geçerek kâh çocukluğunda, gecenin o müthiş derin karanlığı içinde boş yere valideciğini aradığı ve kâh esircinin ortaçağ zindanlarını andıran evinde son gece kendisine musallat olan gecenin karanlık varlıkları ile geçirdiği zamanını hatırladığı esnada, olaylar silsilesi, sergüzeştinin daha ileri taraflarına doğru hayaller sununca Celal Bey'in kolunu hâlâ incecik belinde, ilk aşk öpücüğünün ateşli tesirini hâlâ dudaklarının üzerinde hissederek yaratılışının halini, mevkiini düşünmeden kendisine verdiği bu hassas kalbinde açılan yaraların yavaş yavaş kanadığını duyuyordu.

İnsanın ömrünün sonuna kadar arkadaşlık ederek organizması bozulmaya başlamış bir ihtiyar çehreye –kurumuş bir ağacın üzerinden geçen sonbaharın ışığı gibi– bir canlılık, bir gençlik rengi veren çocukluk hatıralarını, ilk sahibi olan hanımının vahşet ve şiddetiyle ıstıraplı görerek gözlerini kapıyordu.

Bahçeyi, buluşma yerini, sevgisini, sevdiğini bırakarak kimsesiz, yalnız başına Mısır'ın bir odasında hapisten kendisini kim kurtaracak? Eğer derin bir dalıp düşünme halinde olan başını kaldırıp da arkasına bakacak olsa, sevdiğinin ilk defa, "Bilmezsin seni ne kadar seviyorum" sözünü işitecek. Yüzünü görecek. Kırılmış bir gönül, satılmış bir sevgi, mazi olmuş bir istikbal hep orada, arkasında duruyordu. Cebinden çıkardığı, gözyaşları ile bazı yerleri bozulmuş bir resme hayranlık ve hasretle bakıyordu. Kararlılık ve şiddeti gösteren bu siyah, büyük gözler, zekânın tahtı olan bu alın, kuvvet ve merhameti ifade eden bu yüz... Fakat hepsi bitmiş, mahvolmuştu.

Kendi kendine, "Bu oda karanlık, soğuk, belki üşürsün" diye resmi koynuna koydu. Düşünüyordu. Ne kadar etkili bir sükûnet. Ne derece derin bir kendinden geçme.
Odanın penceresinde, önce yavaş yavaş, sonraları giderek artan bir takırtı işitildiği için başını kaldırarak büyük bir dikkat ve hayretle dinliyordu! Gürültü artmaya başlayınca perişan bir halde yere uzanarak bir koluyla kilime dayanıp korku ve dehşetin doğal halinden ziyade büyüttüğü gözlerini pencereye dikti. Gece yarısından sonra acaba bu gürültü nereden geliyor? Bu ses nereden çıkıyor?

Bir hırsız... Bir katil... Demek ki hayatı son dakikalarına yaklaşıyor. Ağzı biraz açık, saçları ürpermiş, hayat ile ölümün uçurumları arasında atıldığı unutulmuştuk köşesinde kendisini yalnız bırakmayan birçok hayal ile birlikte saldırılardan korunmuş saydığı bu odanın, zeminden yüksek olan pancurlarını, pencerelerini kırmaya çalışan demirden el acaba kimi hançerleyecek? Bu odadan kimi alıp gecenin karanlığı içine gömecek? Her türlü şekil ve vücuttan uzak olarak insana ümitsizlik ve ayrılık zamanında saldıran gece mahluklarının gürültü patırtıları hakkında zihnin bir köşesine gizlenerek tahsil ve tecrübesinin uzaklaştıramadığı bir şüpheye büsbütün vücut vermek üzere iken pencere kanatları odayı sarsacak bir şiddetle, arkasına kadar açılarak birisi kollarının ve başının bazı yerlerinden kanlar damladığı halde içeriye atıldı. Dilber dehşetle, "Kimdir o?" dediği zaman karşısındaki nefes alamaz bir surette: "Korkma! Ben... Cevher! Şimdi. Penceredeki şu merdivenden aşağıya in. Aman çabuk, fırsat kaybolacak."

"Cevher! Mümkün değil!"

Dilber'in, yanına yaklaşarak üzerinde kan damlaları olan ellerinden tutarak, "Senin iyiliklerin, hizmetlerin bana pek dokunuyor" yolunda teşekkür ve minnetini sunmakla meşgul olduğunu gören Cevher hiçbir şey işitmez, hiçbir şey anlamaz bir hal ile: "Çabuk! Çabuk! Vücudumdan damlayan kanlar biraz gücümü kesiyor! Bütün engelleri çiğnedim. Demirleri kırdım. Çabuk. Sevdiğine, hürriyetine koş. Yarın bütün Mısır bir âciz esirin zayıf kollarıyla demir kanatlarını sökerek mahpustan kurtardığı bir güzel mazlumu işitip velev hayret içinde kalsın!"

Dilber hiçbir şey söylemeyerek açık pencerenin yanına yaklaştı. Biraz durduktan sonra aşağı inmeye başlayınca Cevher merdivenin pencereye dayanmış uçlarından tutarak, "Aman yavaş! Burada dayanacak yer pek uygun olmadığından zaten merdiven sallanıyor. Çıkıncaya kadar çektiklerimi ben bilirim. Dikkatle in. Daha yavaş!" diyordu. Cevher'in yardımıyla aşağıya inen Dilber bir köşede bekleyerek gecenin karanlığı içinde geçen bu vakaya fevkalade hayretle bakarken Cevher de inmeye başladı. Merdiven sallanmakla beraber üzüntüsünün şiddetinden ve vücudunda açılan bazı yaraların kanamasından bacakları titriyordu. Dördüncü basamağa kadar indiği halde tekrar yukarı çıkarak, "Buradan inmek pek tehlikeli" diye bağırdı. Aşağıdan Dilber küçücük elleriyle merdivenin zemine dokunan uçlarını tutmak isteyince, gerçekleşmek üzere olan kutsal maksadına karşı oluşan engelden ateş kesilen Cevher, "Yıkıl oradan. Kendini tehlikeye mi düşüreceksin! Aşağıdan tutmanın ne faydası var?" diyordu. Cevher yukarıda bir müddet durdu. Bir müddet düşündü. Vakit geçiyor. Fırsat kayboluyor. Bin zorluk ile çıkıp da ucuna gelince bir eliyle çivilerini, vidalarını çıkarıp sökmekle meşgul olduğu pancurun diğer eliyle köşesini tutması sayesinde yerinden kımıldamayan bu merdiven o dakika gözüne canlı bir mahluk imiş gibi alçak, hain bir kurtuluş vasıtası şeklinde görünüyordu. Pencereden aşağı doğru bakarak merdivene, "Ejderha! Bırak beni Dilber'i kurtaracağım!" diyordu.

Yukarıda durmanın ne faydası var? Hem kendi, hem Dilber mahvolacak. Maksada doğru yükselmek demek olan bu inmekte kurtulmak, kurtarmak ümidi vardı. Tekrar inmeye başladı. Birinci, ikinci basamakları geçerek üçüncüsünde bacakları titremekle beraber biraz sallanmaya başlayan merdivene hafif bir baş dönmesiyle sıkı sıkıya sarılarak durdu. Sonra bir ayağını dördüncüye basıp da diğer ayağı beşincinin üzerine indiği anda merdivenin uçları pencerenin kenarından kurtularak şaha kalkmış ejderha gibi uğursuz bir ses ile arkaya doğru devrildi.

Zavallı Cevher! Toprağın üzerinde zulmün haksız yere döktüğü kanlar içinde yüzüyordu. Dilber, bir şaşkınlık ve hayret ve hüzün ve dehşet ile vücudunun her organı titreyerek yanına yaklaşıp diyordu ki:

"Ah zavallı Cevher! Seni ben öldürdüm." Eğilerek alnından öptü. Galiba bu merhametli öpücük zavallının kana bulanmış vücuduna bir an için hayat vermişti ki gözlerini açtı. Dilber baş ucunda ağlar bir sesle: "Merhametli Cevherciğim! Ah niçin kendini bu hale koydun? Ben sana ne yaptım ki benim yolumda hayatını feda ettin?"

Cevher sonsuz sessizliğe boyun eğmeye başlamış bir seda ile: "Çünkü seni seviyordum. Zararı yok. İlk gördüğüm zaman senin gözlerin kalbimde ölümcül yaralar açmıştı. Zaten yaşamazdım."

Dilber, Cevher'in başını kollarının içine alarak tekrar alnından öptüğü zaman yüce, müthiş, etkili bir an yaşanıyordu. Cevher o öpücüklerin altında, o kolların arasında can vermekten lezzet alıyormuş gibi büsbütün dayanarak: "Ben rahat ölüyorum. Fakat sen mahvoldun. Ah! Kaç! Yarın... İstanbul'a... Vapur var." Sonra kendisini zorlayarak, "Biletin cebimde..." dedi.

Galiba Cevher ömrü boyunca hiç bu kadar mesut olmamıştı ki, Habeş zannolunacak derecede rengi uçmuş yüzünü Dilber'in kucağında görerek ölümün yaklaşmasından gelen büyük bir zayıflık içinde biraz açabildiği gözlerinin özlemle çevrildiği yere bakılınca denebilirdi ki uçmak üzere olan ruhu gökyüzünü değil, Dilber'in saçlarının içini yuva yapmak istiyordu. Artık insaniyetin o korkunç ve müthiş son dakikası Cevher'in yüzünde görünmeye başladı. Sükûnet! Üç dört dakikadan beri devam eden derin bir sükûnet, geçen bir asır kadar büyük ve uzundu. Mutlak uzaklıkları sırların örtüsüyle kuşatan ve insanlığın geleceğini, derinliğine insan fikrinin yetişemeyeceği müthiş uçurumları içinde ve hatta küreleri bile hiçliğinin sonsuz boşluğunda yok eden bu sükûnet, kanatlarını Cevher'in üzerine açmıştı ki insana sonsuzluğu örten mezar taşı gibi uğursuz o ebedi geceden yansımış gibi karanlığın gölgesi yüzünde görünüyordu.

Cevher sabit gözlerini canından çok sevdiği kızın yüzüne dikmiş, şefkatli kolları arasında hareketsiz duruyordu. Dudaklarında tuhaf, hüzünlü bir tebessüm vardı.

İşte yine çaresiz, yine yapayalnızdı. Yalnız başına, bu yabancı ülkede, bir sokaktan diğerine bile geçemezken İstanbul'a, satıldığı eve gidemezdi. Böyle bir seyahate göz alıcı güzelliğiyle doğulu masumiyeti mani idi. Yine bu eve dönmek!.. Bütün o büyük kapıların kapalı olması, dönüş imkânını yok etmekle beraber kendi arzusuyla bir şehvet kucağına düşmesi... Bunu hiç hatırına getiremezdi. Beş on dakikadan beri kucağında duran ve korkunçluğuyla tüylerine ürperme veren ölümün yüzünü yere bırakarak son bir şefkat bakışından sonra bulunduğu mevkiden yavaş yavaş uzaklaşmaya başladı.

Etrafı büyük hurma ağaçlarıyla çevrili bu yeşil yoldan
uzaklaştıkça içindeki korkunç düşüncelerin acı yükünden
eğilmiş başıyla omuzlarının ön tarafına doğru dökülmüş
perişan, siyah saçlarını ara sıra ağaç yaprakları arasında
görünen ayın ışığı insan bakışının alışmadığı hüzünlü bir renk
ile aydınlatıyor ve tasvir ediyor ve gecenin karanlığı ruh sahibi
bir bedenden ziyade bir "Yunan" heykeline benzeyen bu gece
mahlukunun yürüyüşünde bazı küçük şeyleri gizliyor ve uzun
boyuyla düşünme tarzında bazı halleri bartarak genel
görünüşüne garip bir surette büyüklük veriyordu. Bu tavır ve
hal ile uzaklaştıkça zannolunurdu ki eskiçağ ilahelerinden beri
geçmiş asırları geçerek ümitsizlik içinde o büyük hurma
ağaçlarının aralarından Nil vadisine doğru iniyordu.

Nehir kenarına ulaşınca hemen durdu... Hızla akıp giden suları
izlerken ilahalere ait hüzünlü, hazin şarkıları dinliyor gibi
örünüyordu. Hayır! Ne suların çırpıntısını dinliyor ne gecenin
hüzün ve büyüklüğünü düşünüyordu. İlk defa olarak başını
kaldırıp kendisini kurtaracak bir ses, bir seda işitmek istiyordu.
O seda ki, bundan bir sene evvel kendisine, "Seni seviyorum!"
demişti. İnsanın ömrünün sonundaki arzuları gibi bu da
gerçekleşmesi imkânsız bir şey idi. Nehrin kenarına oturdu.

Vücudunda üşüme hissetmesiyle kollarını birbirine kavuşturup
acıdan güçsüz düşerek düşünüyordu. O günlerde Nil'in
şiddetle akan suları ayaklarının ucuna dokunarak geçtiği
zaman etrafına bakıyordu.

Galiba emanet edecek bir sırrı, emniyet edecek en son bir sözü
vardı. Fakat kime söylemeli? Nehir merhametsiz! Ağaçlar

hissiz! Bulutların arasında büsbütün kurtulmaya çalışarak ışık yayan ay kayıtsız!

Ruhu yükseldikçe vücudu düşüyordu. Şimşek gibi ani olarak geçen bir zaman içinde Nil'in o soğuk, öldürücü girdapları doğunun seması gibi saf, sevgi gibi masum olan Dilber'i birkaç kere derinliğine doğru çektikten sonra artık yüzüne çıkarmıştı.

Gecenin sükûneti içinde akıntılara kapılarak sırt üstü sürüklenen Dilber'in uzun siyah saçları suların üzerinde dalgalanıyor, ayın ışığı o renksiz çehrenin her arzuyu, ümit ve emeli terk etmiş mânâlı çizgilerini aydınlatıyordu.

Üzerinde hüzün saçan ayın donuk ışığından başka bir renk olmayan o çehrede bütün elem ve acıların dindiği, bütün sevda ve emellerin söndüğü görünüyordu.

Acaba Nil'in bu müthiş, bu öldürücü girdap ve selleri bu zavallı Dilber'i, bu bedbaht esiri nereye götürüyor?..

Hürriyetine!

SON